AF353478

Impressum:

Alle Personen und Handlungen des Buches sind frei erfunden.
Ähnlichkeiten mit lebenden oder verstorbenen Personen sind
zufällig und nicht beabsichtigt.

Besuchen Sie uns im Internet:
www.papierfresserchen.de

Herausgegeben von Martina Meier – www.cat-creativ.at

im Auftrag von
© 2024 – Papierfresserchens MTM-Verlag
Mühlstraße 10, 88085 Langenargen

info@papierfresserchen.de
Alle Rechte vorbehalten.
Erstauflage 2024

Das Werk einschließlich aller seiner Teile ist urheberrechtlich geschützt.
Wir weisen darauf hin, dass das Werk einschließlich aller seiner Teile urheberrechtlich geschützt ist. Jede Verwertung ist ohne Zustimmung des Verlages unzulässig. Dies gilt insbesondere für die elektronische oder sonstige Vervielfältigung, Übersetzung, Verbreitung und öffentliche Zugänglichmachung.

Herstellung: CAT Creativ – www.cat-creativ.at

Titelbild: © Heike Georgi

Fotos: S. 10; S. 22 © Anne Haggenmüller;
S. 13, S. 14, S. 74 © Martina Meier;
Illustrationen S. 47 + 70 © KI generiert - Firefly Adobe Stock lizenziert

Druck: Bookpress, Polen

ISBN: 978-3-99051-155-8 - Taschenbuch
ISBN: 978-3-99051-156-5 - E-Book

Märchenhafter Bodensee

Sagen, Märchen und Mehr vom Schwäbischen Meer

Band 4

Martina Meier (Hrsg.)

Buchtipp: Bodensee

Bücher vom Bodensee über den Bodensee

Mehr erfahren unter

www.papierfresserchen.de

Inhalt

Autorinnen und Autoren

Adrian Schwarzenberger

Ann-Kathleen Lyssy

Bernhard Brack

Caroline Seeger-Herter

Charlie Hagist

Emma Summer Mintken

Florian Geiger

Julia Elflein

Julia Heß

Juliane Barth

Klaus Enser-Schlag

Lisa Weiß

Luna Day

Meli Spitz

Nanja Holland

Oliver Fahn

Simon Käßheimer

Vanessa Boecking

Wolfgang Rödig

Yasmin Mai-Schoger

Zora Löw

Der Apfelzauber

Im malerischen Städtchen Arbon, auf der Schweizer Seite des Bodensees, lebt seit vielen Jahren ein altes Mütterchen, das von den Einwohnern liebevoll *Schneewittchen* genannt wird, denn es kleidet sich jahrein, jahraus in weiten, weißen Rüschenröcken und steckt sich im Frühling oft einen Strang schneeweißer Apfelblüten ins graue Haar. Kaum einer ahnt, wie nahe er mit dieser Bezeichnung der Wahrheit kommt, denn niemand hat je mehr als ein paar belanglose Worte mit der alten Frau gewechselt. Diese meidet nämlich die Gesellschaft und lebt allein mit ihren sieben Albino-Ratten und drei Schnee-Eulen am Rande der Stadt in einem kleinen Haus, das von weißen Rosenbüschen umgeben ist. Niemand kommt sie dort je besuchen, denn die Dornen dieser Büsche sind so spitz und scharf, dass sie einem starken Mann den Finger abschneiden könnten.

So sieht man die Alte oft nur vor dem Eindunkeln durch die verlassenen Gassen des Ortes schleichen oder im Frühling und Spätsommer gegen Abend in den Apfelhainen entlang beliebter Wanderrouten stehen. Dort lächelt sie den Vorbeikommenden ermutigend zu und manch einer glaubt danach, wieder neue Energie zu verspüren und mit leichteren Füssen von dannen zu ziehen.

Doch es sind vor allem die jungen Leute aus armen Verhältnissen, die sich im Stillen wünschen, die Alte am Wegrand zu treffen. Manchmal, so erzählt man, soll sie nämlich einer jungen Frau im Frühjahr einen blühenden Apfelzweig reichen und, wenn diese ihn dankend annimmt, erstrahlt sie alsbald in magischer Schönheit, entdeckt an sich ein bis anhin verborgenes Talent und wird schon bald einen gutherzigen Mann heiraten.

Schenkt die alte Frau aber im Spätsommer einem vorbeiziehenden Jüngling einen reifen, roten Apfel, so tut dieser gut daran, genüsslich hineinzubeißen, denn er wird in Zukunft von Glück gesegnet sein, die große Liebe finden, Sportwettkämpfe gewinnen und seinen Traumjob angeboten bekommen.

Die alte Frau, man wird es erraten haben, ist nämlich eine Hexe, und zwar nicht irgendeine ihrer Art, sondern die Zwillingsschwester der bösen Stiefmutter von Schneewittchen. Ihr Name, den heute fast niemand mehr kennt, ist Yabluka. Sie wurde vor vielen Hundert Jahren in einer fernen Gegend in Deutschland geboren und wuchs in einer der gemeinsten Hexenfamilien auf, welche die Welt jemals gesehen hat. Ihr Stammbaum reicht weit bis ins Zeitalter der magischen Dinosaurier zurück.

Yabluka aber passte nie in ihre Familie. Schon bei ihrer Geburt stieß die Mutter einen so gellenden Schrei aus, dass alle Scheiben des Krankenhauses brachen, und ihr Vater verwandelte daraufhin die Hebamme in einen dicken Mistkäfer, den er mit seinem spitzen Schuh sofort zertrat. Dabei hatte die arme Frau gar nichts anderes getan, als ein gesundes Zwillingspaar auf die Welt zu holen.

Doch während das eine Baby mit seinen schwarzen Augen und seiner wüsten Hakennase wunderbar in die Hexenfamilie passte, bildete das andere Kind mit seiner süßen Stupsnase und den hellblauen Augen einen unwillkommenen Gegensatz. Ihre Eltern hassten Yabluka von Anfang an und ihre Geschwister plagten sie täglich, was in einer Hexenfamilie nichts Angenehmes ist. Sie hexten ihr Warzen auf die Nase oder Löcher in die Ohren, sie kratzten sie mit ihren langen Nägeln, stachen sie mit ihren spitzen Zauberstöcken und zwangen sie, verfaulte Früchte zu essen. Ihre Kleider waren immer schmutzig, voller Flöhe und Wanzen, ihre Schuhe drei Nummern zu klein und schmerzten. Ab und zu leerte ihr die böse Mutter versehentlich heiße Suppe über die feinen Hände und verbrannte sie so stark, dass Yabluka sich tagelang vor Schmerzen in den Schlaf weinte. Manchmal trat ihr der Vater zufällig mit dem schweren Schuh auf den zierlichen Fuß und brach ihr alle Zehen oder er verpasste ihr ohne Grund eine schallende Ohrfeige, die bis ins nächste Dorf zu hören war. Wenn Yabluka aber ihre Großeltern um Hilfe bat, so verspotteten sie diese nur und nannten sie *Schwächling*.

Also gewöhnte sich die junge Hexe ans Schweigen und litt still vor sich hin, lernte aber auf der Hexenschule trotzdem gut zaubern und wurde zu einer attraktiven Frau. Als ihre Schwester das sah, wurde sie vor Neid ganz grün im Gesicht, schnitt ihr eines Nachts, während sie schlief, die Haare ab und braute sich damit einen Zaubertrank, der sie wie Yabluka aussehen ließ.

So eroberte sie das Herz eines verwitweten Königs, der eine wunderschöne Tochter hatte, die als Schneewittchen in die Geschichte einging. Gegen diese bezaubernde Stieftochter hegte Yablukas Schwester aber, wie wir alle wissen, von Anfang an einen Groll und trachtete ihr nach dem Leben.

Als Yabluka dies vernahm, versuchte sie sofort, die schöne Prinzessin zur Flucht zu überreden. Doch das Mädchen wollte um jeden Preis bei ihrem geliebten Vater bleiben und nahm ihre Hilfe nicht an. Was danach mit ihr geschah, ist uns allen bekannt.

Leider hörte Yablukas Familie aber durch einen neugierigen Diener von der Sache und von Wut gepackt, sprach Yablukas Vater einen dunklen Fluch, der die junge Hexe mittellos an den Bodensee verbannte. Er dachte wohl, dass seine Tochter in der Fremde verhungern würde, aber Yabluka war mit Güte und Intelligenz gesegnet und scheute die Arbeit nicht.

So half sie den Bauern auf dem Feld und den Marktfrauen an ihren Ständen, strickte abends warme Socken für die Soldaten und kochte Hafer-Suppe für die Armen. Sie hielt für jeden Hilfesuchenden ein paar tröstende Worte oder einen guten Rat bereit. Bald wurde sie in ganz Arbon und auch weit um die Stadt herum bewundert und geachtet und der Stadtrat persönlich schenkte ihr ein kleines Häuschen, nachdem sie seinen Sohn vor dem Ertrinken gerettet hatte. Magie übte sie in dieser Zeit allerdings keine aus, denn sie wollte nicht auffallen.

In ihrer neuen Heimat war die junge Hexe vor allem von den weißen Apfelblüten und den daraus entstehenden saftigen, runden Früchten sehr angetan. Immer wieder zog es sie nach der Arbeit in die nahen Apfelhaine, wo ihr Herz freier und kräftiger schlug als je zuvor. Ihre blassen Wangen begannen zu glühen, ihre Augen leuchteten und neue Kraft kehrte in ihre müden Glieder zurück. Sie wanderte immer allein durch die Apfelhaine, denn sie liebte die Stille, die sie umgab.

Bewunderer hatte sie zwar viele, aber sie lehnte ihr Werben stets mit sanften, bestimmten Worten ab. Eines Tages aber fand sie unter ihrem liebsten Apfelbaum die weinende Bärbel, eine arme Magd aus der Nachbarschaft, die ihrer dicken Brille wegen von allen gehänselt wurde. Als ihr die junge Frau ihren Liebeskummer anvertraute, erkannte Yabluka sofort, wie sie ihr helfen konnte. Dafür musste sie aber zaubern. Natürlich fürchtete sie sich davor, ihre Magie offen zu zeigen, denn damals wurden Hexen noch verfolgt und auf großen Scheiterhaufen verbrannt. Doch die arme Bärbel erregte ihr Mitleid, denn sie selber war auch oft ausgelacht worden. Zum Glück war Yabluka klug und kreativ, sodass es ihr gelang, ihre Zauberkünste geschickt zu verbergen. Sie gab nämlich vor, an den wunderbaren Apfelblüten zu riechen, flüsterte dabei aber ein paar Zaubersprüche in die schönen Blütenkelche. Als sie den feinen Zweig mit den Blüten danach abbrach und der unglücklichen Bärbel ins Haar steckte, übertrug sich der gute Zauber auf das traurige Mädchen. Dieses wurde sogleich schön und anmutig, fand bald einen lieben Mann und heiratete ihn kurze Zeit später.

Yabluka aber hatte ihre Berufung gefunden und hilft seither jungen Liebenden mit ihren magischen Apfelgeschenken.

Caroline Seeger-Herter wurde 1979 in Zürich geboren und wohnt mit ihrer Familie in der Nordwestschweiz. Sie verbrachte in ihrer Jugend oft die Schulferien bei ihren Großeltern am Bodensee, wo sie viele schöne Geschichten hörte, die sie dazu animierten, selber welche zu erfinden. Caroline Seeger-Herter arbeitet als Sprachlehrerin und Legasthenietrainerin und zählt das Reisen und Geschichte-Erzählen zu ihren liebsten Hobbys.

Das Geheimnis der Blumeninsel

Es war einmal auf der Insel Mainau. Dort lebte der verarmte Herzog Conrad von Mainau. Er hatte keine Angestellten und seine wenigen Untertanen waren alle genauso arm wie er. Sie konnten kaum den Zehnten aufbringen, den sie an ihren Lehnsherrn zu entrichten hatten. Gerne hätte Conrad sie vom Zehnten entlastet, aber die Seinen und er mussten ebenfalls essen und so verlangte Conrad nur das Nötigste von seinen Untertanen.

Conrad hatte vom Christentum gehört, das sich auch unter den Alamannen verbreitete, aber er selbst betete zu den alten Göttern. Die Natur auf der Insel war ihm heilig, er unternahm alles, um sie zu schützen. Doch das Land warf nur wenig ab, seine Untertanen litten oft Hunger. Er musste etwas tun, sonst ging sein Lehen unter. Das wäre eine Katastrophe für alle. Sollte er doch sein Heil im Christentum suchen? Würde ihm der Christengott helfen können? Er glaubte es nicht recht. Vielmehr war es so, dass die alten Götter das Land verlassen hatten, nachdem sie ihre Macht verloren hatten. Kein Wunder, dass sein Land mehr und mehr verdorrte. Doch trotzdem sträubte sich alles in ihm, sich dem neuen Gott zuzuwenden. Er würde dem alten Glauben verhaftet bleiben. So würde er auch heute wieder den alten Göttern Opfer darbringen.

Gemeinsam mit seiner Familie begab er sich wieder auf die Wiesen der Mainau, um zu den alten Göttern zu beten.

„Vielleicht kann uns ja wirklich der neue Gott helfen", schlug seine Frau vorsichtig vor. Kunigunde von Mainau war dem Christentum gegenüber mehr aufgeschlossen als ihr Ehemann, auch wenn sie die Religion eher pragmatisch sah. Doch für Conrad war das etwas anderes. Er konnte die Geister der Natur und die Macht der alten Götter sehen und er spürte, wie diese mit dem Tod rangen. Der Christengott würde alles vernichten und zu einem sterilen Einheitsbrei verkochen. Die Vielfalt, die es unter dem alten Glauben gab, wäre dahin. Der Mensch hatte sich, dem Christentum nach, die Erde untertan zu machen. Das war es, was die Bibel vorschrieb. Doch der alte Glauben lehrte, die Natur zu achten und zu fürchten.

„So lange ich lebe, werde ich dem alten Weg folgen", erwiderte Conrad stur. Mochte seine Frau denken, was sie wollte, er blieb den alten Göttern treu. So pilgerte er mit seiner Familie zum Ufer, um den Göttern im Bodensee ein Opfer darzubringen. Demütig knieten alle nieder und sprachen Gebete zu den Göttern.

Gerade wollte der Fürst etwas Getreide in den See schütten, als er ein merkwürdiges Insekt gewahrte, das auf der Wasseroberfläche schwamm. Vorsichtig versuchte er, das Tier aus dem See zu fischen. Immerhin war alles Leben heilig. Doch da trieb das Tier weiter auf den See hinaus. Traurig schüttelte Conrad den Kopf. Wie schade um das Tier. Doch was tat Butilin, sein ältester Sohn denn da?

„Butilin! Bist du verrückt? Du wirst ertrinken! Komm sofort zurück!", schrie Conrad aufgebracht.

Doch es war schon zu spät. Butilin schwamm auf den See hinaus und fing das seltsame Tier ein. Dann drehte er um und schwamm in Richtung Ufer. Conrad war kurz davor, seinem Sohn hinterherzuspringen, aber wenn er eins wusste, dann das, dass sein Sohn ein besserer Schwimmer war als er selbst.

Schon geschah es! Die Strömungen des Sees brachte Butilin vom Kurs ab und trieb ihn weg vom Ufer. Wütend schwamm der Bursche gegen die Strömung und sein unvermeidliches Schicksal an. Doch er trieb immer weiter weg vom rettenden Land. Conrad blickte seinem Sohn verzweifelt nach. Mit einem Male schwamm Butilin wieder schneller und näherte sich mit kräftigen Schlägen der Küste der Mainau. Mit letzter Kraft erreichte er die Insel und brach dort bewusstlos zusammen.

Entsetzt eilte Conrad zu ihm. „Butilin! Was hast du nur getan?", rief er entsetzt. Wieso nur hatte sein Sohn sich in die Fluten gestürzt und war so weit rausgeschwommen, dass es ihn fast das Leben gekostet hätte? Eilig drehte Conrad ihn auf den Rücken.

In diesem Moment erwachte Butilin hustend und keuchend, als sein Körper das Wasser aus seinen Lungen presste. „Wo ist sie?", murmelte er.

„Wo ist wer?", erkundigte sich Conrad verwirrt. Sein Sohn musste durch das Wasser von Sinnen sein.

Benommen stand Butilin auf und blickte sich um. Mit einem Mal ergriff er etwas und hob es auf. „Vater, sieh nur, was ich aus dem See gerettet habe! Das ist eine aus dem Kleinen Volk!", staunte der Adelsspross.

Ebenfalls völlig bass vor Erstaunen begutachtete der Herzog das kleine Wesen, das da völlig durchnässt und nahezu ertrunken in der Hand seines Sohnes lag. War es möglich, dass die Götter ihnen einen Boten gesandt hatten? Doch wie nur sollten sie dieses Geschöpf retten? Sie mussten es tun, das war zweifellos klar. Es gab kein stärkeres Zeichen der Götter. Nun, als Erstes musste mal das Wasser aus seinen Lungen.

Vorsichtig drückte Conrad auf den Brustkorb der Elfe. Etwas Wasser drang aus ihrem Mund und sie hustete erbärmlich und erbrach noch mehr Wasser. Offenbar war sie in allerletzter Sekunde gerettet worden. Benommen schlug sie mit den Flügeln und schüttelte sich. Erst jetzt schien sie zu gewahren, dass sie in Gesellschaft war. Ängstlich drückte sie sich gegen den Stein, der dort am Ufer lag.

„Fürchte dich nicht, Gesandte der Elfen. Wir werden dir nichts zuleide tun. Wer bist du?", wollte der Fürst wissen.

„Ich bin Äodyna, eine der Blumenelfen vom Festland. Wir sind

auf der Flucht von den Anhängern des neuen Glaubens. Sie halten uns für Wesen des Teufels, dabei leben wir doch genauso hier wie die Menschen auch", erklärte die Elfe und begann herzzerreißend zu schluchzen.

Butilin blickte seinen Vater an. Vielleicht war es genau das, was sie jetzt brauchten. „Also, ihr Blumenelfen bringt doch alles zum Wachsen und zum Blühen, nicht wahr?", wollte er wissen. Äodyna nickte.

„Nur durch uns kann die Natur gedeihen", bestätigte sie.

Butilin blickte seinen Vater groß an. „Vielleicht ist das die Lösung. Wir bieten den Elfen Unterschlupf hier auf der Insel. Wenn sie alles wachsen lassen, dann umso besser. Das muss natürlich ein Geheimnis bleiben", erklärte er entschieden.

Conrad nickte zustimmend. Das war vielleicht wirklich etwas, auf das man sich einlassen konnte. Die alten Götter schienen sie aus-

erwählt zu haben, ihre Geschöpfe zu schützen. Vielleicht würde das ein letzter Akt sein, den die alten Götter noch taten, bevor der Christengott ihre Welt endgültig untergehen ließ.

„Ich schwöre Euch hiermit bei allen Göttern, die es gibt, dass die Herrscher Mainaus für immer die Blumenelfen schützen werden, ganz gleich, was geschieht", rief Conrad inbrünstig, „wenn die Elfen im Gegenzug die Insel erblühen lassen. Hier sollen sie für immer eine sichere Heimstatt haben."

Äodyna blickte den Menschen groß an. Das war ein mächtiger Schwur, den er da leistete. Konnte sie ihn wirklich für die Blumenelfen einhalten? Doch was hatte sie für eine Wahl? „Ich, Äodyna, schwöre, dass unser Volk die Insel Mainau in aller Pracht erblühen lässt, solange uns Mainaus Herren beschützen", erwiderte sie den Schwur.

So war es besiegelt.

Äodyna brachte in der Nacht ihr Volk auf die Mainau. Von da an blühte es auf der Insel und den Herren und dem Volk Mainaus fehlte es an nichts mehr. Als die Linie der Mainaus erlosch und andere Herren die Insel übernahmen, schworen auch sie, den Elfen Schutz zu gewähren. Bis heute existiert das geheime Bündnis zwischen den Herren der Mainau und den Blumenelfen. Und solange sie nicht gestorben sind, grünt und blüht es weiter.

Florian Geiger, wohnhaft in Lörrach, geboren 1982 in Heidelberg, schreibt seit seiner Kindheit gerne Geschichten, besonders aus den Bereichen Science-Fiction und Fantasy. Bisher konnte er Kurzgeschichten in verschiedenen Verlagen veröffentlichen. Website: https://floriantobiasgeiger.jimdofree.com, Friendica im Fediversum: https://opensocial.at/profile/anarcheron.

Die Nixen vom Bodensee

Seit Jahrhunderten schon ranken sich allerlei Sagen und Legenden rund um den Bodensee. Das, was an Land und zu Wasser leben soll, weiß sich gut zu verstecken. Es hinterlässt keine Spuren und doch genug, um nachts in geselligen Runden zum Besten gegeben zu werden. Der Kobold von Konstanz, die Feen von Friedrichshafen und der Reiter von Ravensburg.

Nach einer stürmischen Märznacht vor langer Zeit erlangten jedoch ausgestorben geglaubte Wesen die Aufmerksamkeit eines kleinen Dorfes, dessen Name sich in der Geschichtsschreibung verloren hat. Es waren die Nixen, die bei Sturm und Gewitter ein kleines Bötchen zum Kentern gebracht haben sollen. Der Bürgermeister hatte in dieser Nacht besorgt auf den See hinausgeblickt, auf die Rückkehr der drei Männer gewartet und sogar schon ihr Bötchen in der stürmischen Ferne ausgemacht. Doch dann passierte etwas – er konnte seinen eigenen Augen nicht trauen: Etwas sprang über das Bötchen hinweg. Es war von menschlicher Statur, aber sprang mit der Geschmeidigkeit eines Delfins. Bald schon sprang ein zweites Wesen über das Bötchen hinweg, dann tauchten immer mehr auf und sprangen rund um das Bötchen aus dem Wasser, fast so, als wollten sie spielen.

Er war so fasziniert von dem Anblick der Wassergeister, dass er gar nicht mitbekam, dass das Bötchen kenterte und unter die Wasseroberfläche gezogen wurde. Als er das nächste Mal dorthin blickte, war es verschwunden und von den drei Männern fehlte jede Spur.

Es stürmte noch zwei Tage lang heftig und als die Wut des Gewitters sich gelegt hatte, machten sich die Bewohner des Dorfes sofort an die Aufräumarbeiten. Der Sturm hatte Bäume entwurzelt und das Hab und Gut der Menschen durch die Luft geschleudert und fern von ihrem Zuhause zu Boden geschmettert.

„Wo sind die Seeleute?", kam allerdings schon bald die Frage auf. „Sind sie nicht zurückgekehrt?"

„Nein", weinte eine Frau. „Mein Mann ist nicht zurückgekehrt, er ist in den Sturm geraten. Ich weiß gar nicht, wo er ist und wo ich überhaupt suchen soll!"

„Mein Sohn ist auch verschollen!", klagte eine alte Dame. „Er war auf dem Boot, ein Ungeheuer hat sie alle verschlungen! Bestimmt die Nixen!"

Der Bürgermeister sagte: „Das Bötchen muss gekentert sein. Das passiert bei einem Sturm solchen Ausmaßes. Sie werden ertrunken sein. Keine Nixen, Nixen gibt es hier seit Jahrhunderten nicht mehr." Er wollte keine Panik schüren so kurz vor den Bürgermeisterwahlen, die würde sein Konkurrent, der Quacksalber Adalbert, nur zu seinem Vorteil nutzen.

„Wir müssen sie retten!", widersprach ein junger Mann namens Berthold und der Stärkste im Dorf energisch. „Wir müssen nach ihnen suchen! Vielleicht leben sie ja noch."

„Ja", stimmte auch Albert, der Sohn des Quacksalbers Adalbert mit ein. „Vielleicht klammern sie sich irgendwo auf dem See noch an ein Holzbrett! Vielleicht haben die Nixen sie noch nicht gefunden."

„Nein!", schrie der Bürgermeister. „Sie sind tot! Ertrunken! Keine Nixen! Keiner fährt mehr auf den Bodensee hinaus! Ich verbiete es! Ab heute gibt es ein Verbot, auf den Bodensee hinauszufahren." Er wollte sich gerade umdrehen und gehen, machte dann allerdings auf dem Absatz kehrt. „Und Schwimmen im See ist auch verboten! Noch nicht mal mit den Füßen reingehen dürft ihr! Keiner von euch! Nixen gibt es hier seit Jahrhunderten nicht mehr, glaubt keinen Unsinn! Glaubt nicht dem Quacksalber!" Und dann hastete er zurück in sein Rathaus. Die Menschen begannen zu tuscheln und schnell waren sie sich sicher: Es müssen die Nixen gewesen sein. Der Bürgermeister log!

„Da ist doch was faul", urteilte auch Maria, die Tochter eines der Verschwundenen. „Bestimmt gibt es da draußen doch noch Nixen!"

„Das denke ich auch", pflichtete Albert ihr bei. „Die Männer klammern sich dort draußen verzweifelt an ihre Holzplanken und der faule Bürgermeister will nichts unternehmen, um sie zu retten. Wenn mein Vater Bürgermeister wäre, würde er bestimmt alles Menschenmögliche tun."

„Dann lass uns selbst rausfahren und nach den Männern suchen", schlug Maria vor. „Wir fahren bei Nacht raus, dann kann uns auch niemand sehen. Wir nehmen eine Fackel mit und leuchten den See ab."

Albert überlegte einen Moment, dann sagte er: „Abgemacht."

Die beiden besiegelten ihren Plan mit einem Händedruck. Ob sie Angst vor den Nixen hatten? Ja, und wie! Aber Maria wollte ihren Vater retten und Albert wollte seinen Vater als Bürgermeister sehen. Mit dem Ziel vor Augen vergaßen sie alle Angst.

Bei Nacht schlichen die beiden sich zum See. Plötzlich ertönte eine Stimme hinter ihnen: „He! Wartet auf mich!"

Erschrocken drehten die beiden sich um und erblickten den starken Berthold, der auf sie zu rannte. „Ich will mitkommen! Mein kleiner Bruder war auch auf dem Bötchen. Ich habe euer Gespräch heute Mittag belauscht und will helfen, ihn zu finden!"

„Shhh!", ermahnte Maria ihn sofort. „Dann komm mit, aber sei leise."

Die drei stiegen also in ein Ruderbötchen und fuhren hinaus auf den See. Der starke Berthold ruderte, Maria hielt die Fackel und Albert hielt nach den drei Männern Ausschau. Der See war ruhig, keine Spur von den Vermissten oder Nixen.

Als die Sonne am Horizont aufging, fuhren sie unvollendeter Dinge zurück an Land und verabredeten, am nächsten Abend ihre Suche fortzusetzen.

Am nächsten Abend trafen sie sich erneut am Ufer des Bodensees. Heute war es kälter als gestern und es wehte ein leichter Wind, der Marias Haare um ihr Gesicht tänzeln ließ.

„Glaubt ihr, das Wetter wird sich noch verschlechtern heute Nacht?", fragte sie.

„Quatsch", entgegnete Berthold.

Also fuhren sie raus. Sie suchten zwei Stunden lang in völliger Dunkelheit, nur der Fackelschein erleuchtete das tiefe, schwarze Wasser. Nichts. Dann knurrte auf einmal ein Donnergrollen am Himmel. Die drei blickten abwartend gen Himmel und Sekunden später prasselten die ersten Tropfen auf sie nieder. Und dann brach der Himmel auf. Der Regen stürzte auf sie hinab und innerhalb von Sekunden waren sie patschenass.

„Schnell! Das Wasser muss aus dem Boot raus!", rief Albert. „Wir müssen zurück ans Ufer, sonst werden wir bald kentern!"

Panisch versuchten er und Maria, das Wasser mit den Händen aus dem Boot zu schippen, während Berthold ruderte, aber es wurde immer mehr. Das Boot wurde immer schwerer, füllte sich stetig mit Wasser. Dann sahen sie im Fackelschein plötzlich eine Silhouette unter der Wasseroberfläche schwimmen. Sie sah aus wie ein Mensch, aber mit Flosse.

„Eine Nixe!", schrie Maria. „Berthold, rudere schneller!"

Doch da begannen die Nixen bereits über das Boot zu springen, führten einen Tanz in der Luft auf. Das Wasser schwappte ins Boot hinein, bis es schließlich unterging.

Die drei klammerten sich verzweifelt an den Holzplanken fest, wurden aber sofort von den Nixen gepackt und unter Wasser gezerrt, immer tiefer und tiefer. Es war komplett dunkel um sie herum und sie spürten, wie ihre Lungen sich immer weiter mit Wasser füllten. Sie würden ertrinken, so oder so, denn keiner von ihnen konnte schwimmen. Hier unten war nichts außer Wasser.

Als sie schließlich glaubten zu sterben, verschwand der Drang nach Luft von einer Sekunde auf die andere. Verwirrt öffneten die drei die zusammengekniffenen Augen. Sie konnten unter Wasser sehen und als sie an sich herabblickten, sahen sie Flossen. Sie waren tief unten, irgendwo im Bodensee, umringt von Nixen.

„Wir wären ertrunken", sagte Maria, sie sah sich um, erblickte ihren Vater. Und auch Berthold erblickte seinen kleinen Bruder unter den Nixen.

Und dann wurde ihnen klar, dass die Nixen keinen Tod brachten, sondern vor dem Tod bewahrten. Sie hatten sie gerettet.

Julia Heß ist 22 Jahre alt und wohnt in Köln. Sie studiert Germanistik und schreibt in meiner Freizeit gerne kleine und große Geschichten. Dabei ist ihr größtes Werk das 2022 erschienene Buch „Der Garten." Ansonsten geht sie gerne mit ihrem Hund spazieren und genieße die Natur.

Lukas und die Zaubermuschel

vom Bodensee

Es war einmal ein kleiner Junge namens Lukas, der in einem Dorf am Ufer des Bodensees lebte. Er liebte es, am See zu spielen und die Schiffe zu beobachten, die hin und her fuhren. Er träumte davon, eines Tages selbst ein Seefahrer zu werden und ferne Länder zu erkunden. Eines Tages, als er am Strand Steine ins Wasser warf, sah er etwas Glitzerndes im Sand. Er ging näher hin und entdeckte eine silberne Muschel, die wie ein Schmuckstück aussah. Er hob sie auf und betrachtete sie neugierig. Er spürte, wie die Muschel warm in seiner Hand wurde und ein leises Summen von ihr ausging. Er hielt sie an sein Ohr und hörte eine sanfte Stimme, die zu ihm sprach: „Hallo, kleiner Freund. Ich bin eine Zaubermuschel und ich kann dir einen Wunsch erfüllen. Was möchtest du gerne haben?"

Lukas war überrascht und erfreut zugleich. Er dachte an all die Dinge, die er sich wünschte: ein neues Fahrrad, ein Computerspiel, eine Reise nach Disneyland. Aber dann fiel ihm sein größter Traum ein: ein Seefahrer zu werden. Er sagte zu der Muschel: „Ich möchte gerne ein Seefahrer werden und auf einem Schiff über den Bodensee segeln."

Die Muschel antwortete: „Dein Wunsch sei dir gewährt. Aber du musst wissen, dass es einen Preis dafür gibt. Wenn du ein Seefahrer wirst, kannst du nie mehr zurückkehren zu deinem Dorf und deiner Familie. Du wirst immer auf dem See bleiben müssen, bis du alt und grau bist. Bist du bereit, das zu tun?"

Lukas zögerte einen Moment. Er liebte sein Dorf und seine Familie, aber er wollte auch seinen Traum verwirklichen. Er dachte, dass er vielleicht eines Tages seine Lieben wiedersehen könnte, wenn er genug gereist war. Er sagte zu der Muschel: „Ja, ich bin bereit. Ich möchte ein Seefahrer werden."

Die Muschel sagte: „Gut, dann halte dich fest. Dein Abenteuer beginnt jetzt."

Lukas spürte, wie die Muschel in seiner Hand pulsierte und ein helles Licht ausstrahlte. Er wurde von einem Wirbelwind erfasst und in die Luft gehoben. Er schrie vor Schreck und Aufregung, als er über den See flog. Er sah, wie das Wasser unter ihm glitzerte und die Berge am Horizont aufragten. Er fühlte sich frei und glücklich. Er landete auf dem Deck eines großen Segelschiffes, das in der Mitte des Sees ankerte. Er sah sich um und bemerkte, dass er nicht mehr seine gewohnte Kleidung trug, sondern ein blaues Hemd, eine weiße Hose und eine rote Mütze. Er hatte auch einen Rucksack bei sich, in dem er einige Sachen fand: eine Landkarte, ein Fernglas, ein Kompass, ein Taschenmesser und eine Flasche Wasser.

Er hörte die Muschel in seiner Tasche sagen: „Willkommen an Bord, Lukas. Du bist jetzt ein Seefahrer. Dies ist dein Schiff, du bist der Kapitän. Du kannst überall hinsegeln, wohin du willst. Aber du darfst nie an Land gehen oder Kontakt zu anderen Menschen aufnehmen. Du bist allein auf dem See – und das wird immer so bleiben. Vergiss das nicht."

Lukas war verwirrt und ängstlich. Er fragte die Muschel: „Aber warum? Warum kann ich nicht an Land gehen oder mit anderen Menschen reden? Ich will doch nur den Bodensee erkunden."

Die Muschel sagte: „Das ist der Preis für deinen Wunsch. Du hast dich dafür entschieden, ein Seefahrer zu sein, und das bedeutet, dass du dich von allem anderen abschneiden musst. Du kannst den Bodensee erkunden, aber du wirst nie seine Geheimnisse erfahren. Du wirst nie die Schönheit seiner Städte und Dörfer sehen, die Kultur seiner Bewohner kennenlernen, die Geschichte seiner Schlösser und Kirchen erfahren. Du wirst nie die Freude der Freundschaft, die Wärme der Liebe, die Geborgenheit der Familie spüren. Du wirst nur den See haben, er wird dein Freund und dein Feind sein. Das ist dein Schicksal, Lukas. Du kannst es nicht ändern."

Lukas war traurig und wütend. Er bereute seinen Wunsch und wollte ihn rückgängig machen. Er sagte zu der Muschel: „Das ist nicht fair. Das ist nicht das, was ich wollte. Ich will zurück zu meinem Dorf und meiner Familie. Ich will kein Seefahrer mehr sein. Bitte, nimm mir meinen Wunsch weg."

Die Muschel sagte: „Es tut mir leid, Lukas. Aber das ist nicht möglich. Dein Wunsch ist erfüllt und du kannst ihn nicht mehr ändern. Du musst dich damit abfinden. Vielleicht findest du ja eines Tages Frieden und Glück auf dem See. Aber bis dahin musst du dein Leben als Seefahrer führen. Leb wohl, Lukas. Ich kann dir nicht mehr helfen. Dies ist das letzte Mal, dass du meine Stimme hörst." Die Muschel verstummte und wurde kalt in Lukas' Hand. Er rief nach ihr, aber sie antwortete nicht mehr. Er warf sie wütend ins Wasser und sah, wie sie versank. Er fühlte sich allein und verlassen. Er weinte bitterlich und rief nach seiner Mutter. Er wusste nicht, was er tun sollte. Er hatte keine Ahnung, wie er das Schiff steuern sollte, wie er sich orientieren sollte, wie er sich ernähren sollte. Er hatte Angst vor dem See, der mal ruhig und mal stürmisch war. Er hatte Angst vor den Nächten, die dunkel und kalt waren. Er hatte Angst vor sich selbst, der einsam und verzweifelt war.

Er wünschte sich, er hätte nie die Muschel gefunden. Er wünschte sich, er hätte nie den Wunsch geäußert, ein Seefahrer zu werden. Er wünschte sich, er wäre wieder ein kleiner Junge, der in einem Dorf am Ufer des Bodensees lebte.

Aber es war zu spät. Er war ein Seefahrer und das würde er immer bleiben. Lukas lebte viele Jahre als Seefahrer auf dem Bodensee. Er lernte, wie er das Schiff steuern, reparieren und pflegen konnte. Er lernte, wie er sich nach den Sternen, dem Wind und dem Kompass orientieren konnte. Er lernte, wie er Fische fangen, kochen und konservieren konnte. Er lernte, wie er sich gegen die Gefahren des Sees wehren konnte: die Stürme, die Wellen, die Untiefen, die Riffe. Er sah viele wunderbare Dinge auf dem See: die Sonnenaufgänge und Sonnenuntergänge, die Regenbögen und Nordlichter, die Vögel und Fische, die Blumen und Bäume. Er sah auch viele seltsame und geheimnisvolle Dinge auf dem See: die Nebel und Schatten, die Stimmen und Geräusche, die Lichter und Schiffe, die niemand sonst sah. Er wusste, dass der See voller Magie und Mysterien war, die er nie verstehen würde.

Er sah auch viele traurige und schmerzhafte Dinge auf dem See: die Menschen, die am Ufer lebten, die er nie berühren oder sprechen konnte. Er sah, wie sie lachten und weinten, liebten und hassten, arbeiteten und feierten. Er sah, wie sie geboren wurden und starben, wie sie wuchsen und alterten. Er sah, wie sie sich veränderten und entwickelten, wie sie neue Dinge erfanden und entdeckten. Er sah, wie sie glücklich und unglücklich waren, wie sie hofften und verzweifelten. Er vermisste sein Dorf und seine Familie sehr. Er vermisste seine Freunde und Nachbarn, seine Lehrer und Verwandten. Er vermisste seine Mutter und seinen Vater, seine Schwester und seinen Bruder. Er vermisste sein Zuhause und sein Leben. Er vermisste alles, was er aufgegeben hatte, um ein Seefahrer zu werden. Er hasste die Muschel, die ihm seinen Wunsch erfüllt hatte. Er hasste sich selbst, dass er so dumm und naiv gewesen war. Er hasste sein Schicksal, das ihn zum Seefahrer gemacht hatte. Er hasste sein Schiff, das sein Gefängnis war. Er hasste den See, der sein Fluch war. Er wollte nur noch eins: sterben. Er wollte nicht mehr leben, er wollte nicht mehr leiden, er wollte nicht mehr allein sein. Er wollte nicht mehr ein Seefahrer sein. Aber er konnte nicht sterben. Er konnte nicht von Bord springen, denn der See würde ihn immer wieder an die Oberfläche bringen. Er konnte sich nicht verletzen, denn seine Wunden würden immer wieder heilen. Er konnte sich nicht vergiften, denn sein Magen würde alles ausspucken. Er war unsterblich. Er war verflucht. Er war ein Seefahrer und das würde er immer bleiben ...

Lukas erwachte aus seinem Traum. Er lag auf dem Strand, wo er eingeschlafen war, nachdem er die Muschel gefunden hatte. Er sah, wie die Sonne über dem Bodensee schien und wie die Wellen sanft ans Ufer plätscherten. Er sah, wie die Muschel neben ihm lag, kalt und stumm. Er sah, wie seine Mutter zu ihm kam, besorgt und erleichtert.

„Lukas, mein Schatz, da bist du ja. Ich habe mir solche Sorgen gemacht. Was ist passiert? Warum bist du so lange weggeblieben?"

Lukas sprang auf und umarmte seine Mutter. Er war so froh, sie wiederzusehen. Er war so froh, wieder zu Hause zu sein. Er erzählte ihr von seinem Traum, von seinem Wunsch, ein Seefahrer zu werden, von seinem Fluch, ein Seefahrer zu sein, von seinem Schicksal, auf dem Bodensee zu sein. Er erzählte ihr von all den Dingen, die er gesehen, gehört, gefühlt, gedacht hatte. Er erzählte ihr von seiner Angst, seiner Trauer, seiner Wut, seiner Hoffnung, seiner Liebe.

Seine Mutter hörte ihm zu und tröstete ihn. Sie sagte ihm, dass es nur ein Traum war, dass er nicht wahr war, dass er nichts bedeutete. Sie sagte ihm, dass er kein Seefahrer war, dass er ihr Sohn war, dass er ihr alles bedeutete. Sie sagte ihm, dass er nicht allein war, dass er seine Familie hatte, dass er sie liebte.

Lukas glaubte ihr und beruhigte sich. Er warf die Muschel zurück ins Wasser und sah, wie sie verschwand. Er nahm seine Mutter an der Hand und ging mit ihr zurück zu seinem Dorf. Er sah, wie seine Familie und seine Freunde auf ihn warteten, wie sie sich freuten, ihn zu sehen, wie sie ihn begrüßten. Er sah, wie sein Leben vor ihm lag, wie es voller Möglichkeiten war, wie es ihm gehörte.

Er war glücklich. Er war frei. Er war Lukas.

Meli Spitz ist eine vielseitige Künstlerin, die sich mit Schreiben beschäftigt. Sie wurde 1987 in Deutschland geboren und hat einen Master of Fine Arts der Hochschule Trier. Sie hat an zahlreichen nationalen und internationalen Ausstellungen und Projekten teilgenommen, darunter das Wert/Voll Projekt im Umweltbundesamt Dessau und im Grassi Museum Leipzi. Ihre Arbeiten wurden in verschiedenen Online-Plattformen und Katalogen veröffentlicht, wie Klimt02 (Internationale Plattform für Künstler), NASAI06 (Stadtmuseum Trier). Sie ist immer auf der Suche nach neuen Herausforderungen und Möglichkeiten, ihre kreativen Fähigkeiten einzubringen und zu erweitern.

Das Abenteuer am Zaubersee

Es war einmal in einem kleinen Dorf, das am Ufer eines tiefen, geheimnisvollen Sees lag. Dieser See, der Bodensee, galt als magisch und unergründlich, denn niemand hatte je seinen Grund erreicht. Die Bewohner des Dorfes erzählten sich Geschichten von einer verborgenen Welt in den Tiefen des Sees, bewohnt von wundersamen Kreaturen und einem mächtigen Wassergeist.

Eines Tages, als die Sonne golden über den See schien, entschied sich ein neugieriger Junge namens Jonas, das Geheimnis des Sees zu lüften. Er paddelte in einem kleinen Boot hinaus und ließ eine mit einem schweren Stein beladene Schnur ins Wasser sinken. Die Schnur schien unendlich lang zu sein, aber Jonas gab nicht auf. Er zog und zog, bis er schließlich erschöpft aufgab.

In diesem Moment erhob sich eine riesige Wasserfontäne aus dem See. Jonas' Boot wurde von unsichtbaren Händen ergriffen und in die Tiefe gezogen. Er fand sich plötzlich in einer anderen Welt wieder, einer Unterwasserstadt von atemberaubender Schönheit. Die Straßen waren mit schimmernden Muscheln gepflastert und die Häuser bestanden aus leuchtendem Korallen. Jonas wurde von freundlichen Fischmenschen empfangen, die ihm erklärten, dass sie seit Generationen im See lebten und von einem weisen Wassergeist beschützt wurden. Dieser Geist erschien in der Gestalt eines majestätischen Delfins und trug eine Krone aus leuchtenden Algen. Der Wassergeist erzählte Jonas von der Bedeutung des Sees für die Erde und wie wichtig es war, die Wasserwelt zu schützen. Er lehrte Jonas, wie er als Bewohner der Oberwelt dazu beitragen konnte, die Reinheit des Sees zu bewahren und die Geschichten von seiner magischen Unterwasserstadt zu erzählen.

Nach einem unvergesslichen Besuch kehrte Jonas in sein Dorf zurück und erzählte allen von seiner erstaunlichen Reise. Von diesem Tag an achteten die Dorfbewohner sorgfältig auf den See und respektierten seine Geheimnisse. Die Legende von der Unterwasserstadt und dem Wassergeist lebte weiter und der See wurde zu einem Symbol für die Schönheit und den Schutz der Natur. Und so endet unsere Geschichte von Jonas, dem Jungen aus dem Dorf am Ufer des geheimnisvollen Sees, der aus der Tiefe des Sees eine unvergessliche Reise in eine wundersame Welt unternahm und die Bedeutung des Wassers und der Natur für alle Menschen erkannte.

Emma Summer Mintken *wurde 2007 geboren. Sie lebt in Wittmund.*

Reichenau im Bodensee

Die Insel Reichenau im Bodensee,
so kündet einer alten Sage Wort,
war einst für schrecklich lange Zeit, o weh,
ein unbewohnter und verfluchter Ort!

Sie zu betreten, hätt' kein Mensch gewagt.
In ihre Nähe traute sich kein Boot.
Von Grässlichem so gnadenlos geplagt,
litt jenes Stückchen Erde große Not.

Abscheuliches Gewürme und Gewimmel
beherrschte ganz und gar den Inselgrund,
nur Kreatur'n, die niemals sah'n den Himmel,
wie's schien mit dem Leibhaftigen im Bund.

Als eines Tages doch sich einer fand
mit einem reinen Herzen voller Mut,
er jede Furcht und Abscheu überwand,
um sich zu stellen jener Höllenbrut.

Und Pirmin hieß der fromme Gottesmann,
der einst mit vierzig tüchtigen Gefährten
an der verfluchten Insel legte an,
zu machen sie zum Hort des Lebenswerten.

Und als gesetzt er seinen Fuß darauf,
entsprang dem Land sogleich an dieser Stelle,
zu nehmen ihren segensreichen Lauf,
die nimmermehr versiegen woll'nde Quelle.

Das Ungeziefer aber floh von hinnen,
dass schwarz der ganze Bodensee sich färbte.
Drei Tage währte es. Dann konnt' beginnen
die neue Zeit ohn' jegliches Verderbte.

Voll Eifer wirkten Pirmin und die Seinen.
Aus Sumpf und Ödnis wuchsen blüh'nde Wiesen.
Die finst'ren Wälder wurden bald zu Hainen.
Die Lebensfreude Einzug halten ließen.

Er gründete ein stattlich' Kloster dort
und aufgeh'n sah die gottgefäll'gen Saaten
in Menschen, die besiedelt bald den Ort,
eh' Pirmin weiterzog zu neuen Taten.

Seitdem so viele schon den See befuhren,
um zu beehr'n die Insel Reichenau.
Sie trägt bis heut' mit Stolz des Heil'gen Spuren
als grünes Prachtgefild' im weiten Blau.

Wolfgang Rödig *lebt in Mitterfels. Er hat seit 2003 mehr als 700 belle-
tristische Kurztexte in Anthologien, Literaturzeitschriften, Tageszeitun-
gen, Magazinen und Kalendern veröffentlicht.*

Das Schloss im See

Es war einst in Deutschland auf dem Bodensee, dem südlichsten Gewässer. Da war ein Schloss im See. Jedermann ahnte um es, keiner sah es. Es war das Schloss auf dem See.

Darin wohnten ein kleiner Hofstaat und eine einsame Prinzessin, die aufgrund der Lage des Schlosses sehr bekümmert war. Wie sollten auf diesem Schloss Prinzen um sie anhalten? Wie wollten sie sie dort auf dem See besuchen oder um sie freien?

So kam es, dass sie sehr unglücklich wurde aufgrund ihrer Lage, in der sie steckte. Sie entschied sich bald, da die Flut vorüber und sich die Sandbank des Schlosses zeigte, dieses zu verlassen. Noch wartete sie ab! Bekümmert sah sie auf den schönen Bodensee hinaus, der ihr zu allem Gram schon gefiel, doch ward das wohl nicht genug. Einsamkeit war nicht schön und so hoffte sie, auf dem Land – wie gesagt – ihr Glück zu finden.

Nun begab es sich, dass ein Taucher dieses Abends noch am Schloss anlangte. Er hatte nach Muscheln und anderem im See getaucht und war just mit der Flut, die vor der Ebbe kam, auf dem Schloss aufgetaucht und gelandet. So wollte es der Zufall. Er war sicher kein Prinz oder Ähnliches, doch bekümmerte ihn ebenfalls das Unglück des schönen Mädchens. Er tauchte vor dem Schloss auf. Nahm seinen Mut zusammen und schritt zum Schloss und seinen Zinnen.

„Wohlauf, bekümmerte Prinzessin", so fing er an. Er wollte um sie werben und wollte wie ein edler Mann klingen, gleich er nur ein armer Taucher mit wenig Geld und Fischer war. „Ich hoffe, ich kann euch aus dem schönen Bodensee ein kleines Geschenk machen." Er zog eine schöne Perle hervor. Diese leuchtete im Abendrot und glänzte fast schon silbern.

Die Prinzessin, etwas überrumpelt, freute sich des Grußes und war neugierig, was der Taucher in seiner Hand hielt. Sie ward immer neugieriger und die Nacht zog ein. So rief sie zum Taucher hinab: „Wer ihr auch seid, danke des lieben Grußes und danke des Trostes, kommt doch herein." Sie lud den Taucher in ihr Schloss ein, obwohl er ein armer Mensch und nicht von reichem Adel war.

Der Taucher schenkte die Perle, die er am Bankettsaaltisch hervorzog, der Prinzessin und sie sah sein gutes Wesen und sein gutes Herz. Sie unterhielt sich mit ihm, erfreute sich an der Perle und lachte lange und innig über das Geschenk. Da merkte sie, dass ihr Glück ihr in Form eines Tauchers begegnet war und sie das Seeschloss nicht zu verlassen brauchte, wenn sie es nur zugriff, so wie es vor ihr stand. Sie tat es und nahm gerne den lieben Seetaucher zum Mann.

Die beiden lebten lange noch auf dem Schloss. Und selbst wenn es heute nicht mehr ist, so haben sie sicher lange glücklich in dem Schloss gelebt und schöne Zeiten verlebt.

So endet diese kleine Geschichte. Und wenn es auch viel Unglück in der Welt einhergeht, ist sie ein gutes Beispiel für jeden, der wahrhaft geliebt um seiner selbst willen glücklich leben will.

Simon Käßheimer, *1983 in Friedrichshafen am Bodensee geboren, wo er bis heute seine Wurzeln hat. In Nähe des Bodensees (Ravensburg) lebt er inzwischen inspiriert durch die schöne Landschaft glücklich vor sich hin.*

Das Geschenk des Pfahlbauers

Es war einmal vor langer Zeit, als noch dichte Wälder das Land rings um den Bodensee bedeckten und die Winter lang und finster waren. Wärme fanden die Menschen nur vor ihren Öfen, welche das Holz in Unmengen fraßen. Ja, die Menschen benötigen sogar so viel Holz, um nicht zu frieren, dass die Wälder Jahr für Jahr weiter vor ihnen zurückwichen und immer weitere Wege zurückgelegt werden mussten, um das Futter für die allzu gierigen Feuer zu schlagen.

Da begab es sich in einer hellen Mondesnacht, die noch kälter war als die vorangegangenen, dass ein junger Bursche namens Peter von seiner Mutter in den Wald geschickt wurde, einen Baum zu fällen. Das Holz im Schuppen ging zur Neige und die Geschwister froren.

Zwar ängstigte es ihn, die warme Hütte des Nachts zu verlassen – hatten die Leute unten in Buchhorn doch erst tags zuvor von einem Rudel Wölfe gesprochen, das es zu jagen galt – aber das Feuer durfte nicht erlöschen. Also schulterte Peter seine Axt und machte sich auf den Weg in den Wald.

Seit Peters Vater vor vielen Jahren im Krieg geblieben war, hatte seine Familie nur noch Geld für das Nötigste, weswegen er nichts weiter als ein paar Lumpen und eine mottenzerfressene Fellweste am Leibe trug. Bereits nach kurzer Zeit schlotterte es ihn erbärmlich und sehnsüchtig wünschte er sich zurück an den Kamin, wo er sich, unbehelligt von der Welt, neben dem Familienkater zusammenrollen konnte. Die Sterne und der Mond funkelten mit dem Pulverschnee um die Wette und es knirschte unter seinen Schritten. Den See hörte er mehr, als er ihn sah. Sacht plätscherten Wellen an das nahe Ufer, das sich in der Dunkelheit vor ihm verbarg.

„Es ist schon schön hier. Wenn es doch nur nicht so bitterlich kalt wäre", murmelte Peter in die vor Frost knisternde Luft und weiße Nebelschwaden trugen seine Worte davon.

Da sah er ihn! Einen vortrefflichen Baum! Die kahle Eiche war nicht zu groß und nicht zu klein, nicht zu alt und nicht zu jung.

Diesen oder keinen würde er nach Hause bringen. Prüfend klopfte Peter gegen die Rinde. Was auch immer ihm das sagte – und dass es ihm etwas sagte, stand außer Zweifel – stellte ihn sichtlich zufrieden. Probehalber ließ er seine Axt schwungvoll durch die Luft zischen. Er hatte das Handwerk des Bäumeschlagens von seinem Vater erlernt und konnte bestens erkennen, an welcher Stelle der Baum gefällt werden wollte. Nachdenklich umrundete er also die Eiche und wäre – oh Schreck! – beinahe in einen Mann hineingelaufen. Wie aus dem Boden gewachsen stand er da. Bis eben war er doch noch allein gewesen, darauf hätte Peter schwören können.

Da er für unbekannte Gestalten in der Dunkelheit nicht viel übrighatte, hob er warnend seine Axt. „He, du! Das hier ist mein Baum und ich gedenke ihn zu fällen. Also zieh besser weiter."

Ohne zu antworten, starrte der Mann nachdenklich den Baum an und Peter wurde es unheimlich zumute. So einen merkwürdigen Gesellen hatte er hier noch nie gesehen. Der Bart des Fremden war lang und buschig und sein Gesicht braun und wettergegerbt. Und erst seine Kleidung! War das ein Umhang aus Stroh, der ihm da über den Schultern hing? Und – Herrgott nein, das konnte doch nicht sein! – selbst seine Schuhe schienen aus irgendwelchen Gräsern geflochten zu sein! Wenn der Mann nur nicht so finster dreingeschaut hätte, es könnte einem das Herz erweichen.

„Hast du mich nicht gehört? Das ist mein Baum, ich habe ihn gefunden und werde ihn fällen. Weiter habe ich hier nichts zu schaffen und keinen Pfenning in der Dasch!", versuchte es Peter erneut.

Wortlos blickte der Unbekannte den Baumstamm herauf und herunter. Dann zog er ebenfalls eine Axt unter seinem weiten Strohumhang hervor. Aber was für ein unpraktisches Ding das war! Nur ein Stein, mit Bindfäden an einen Stock geknüpft! Der Mann holte aus und schälte mit kräftigen Schlägen von oben her dünne Späne vom Stamm ab.

„Was machst du denn da?" Peter war entsetzt. Der Fremde verschandelte seinen schönen Baum! „Hör auf damit, du Waldschrat!"

Doch ohne Unterlass hackte dieser weiter auf dem Baum herum. Ob er taub war? Peter stemmte seine Hände in die Seiten, trat näher an den Mann heran – und fuhr sogleich erschrocken zurück.

„He! Pass doch auf. Willst du mir den Schädel einschlagen?"

Klack. Klack. Klack.

Immer mehr Späne standen in alle Richtungen von der jungen Eiche ab und immer dünner wurde ihr Stamm.

Missmutig ließ Peter die Schultern sinken. Sollte er den Baum doch haben! Wahrscheinlich war der Lump noch ärmer dran als er. Warum sonst lief er in Gräser gehüllt durch die Nacht? Schon wollte er sich auf die Suche nach einem neuen Baum machen, doch irgendetwas hielt ihn zurück. Vielleicht wollte er nur sehen, ob die Steinaxt etwas taugte.

Der fremde Mann trat einen Schritt zurück und hieb ein letztes Mal kräftig zu. Und tatsächlich – der Stamm knickte weg und der Baum fiel.

„Gar nicht schlecht", lobte Peter widerwillig und zum ersten Mal blickte der Fremde ihn an.

Hell leuchteten seine Augen im Mondeslicht. Immer noch schweigend hob er die Hand und wies erst auf Peter, dann auf die Krone des Baumes. Verwirrt stand Peter da. Sollte er ihm jetzt auch noch beim Tragen helfen?

Der Mann packte das untere Ende des Baumes. Ungeduldig winkte er Peter abermals heran, der ergeben stöhnend den Baum ergriff. Wieso konnte er nur nie Nein sagen? Dann setze sich ihr Zug in Bewegung.

„Ist es weit bis zu deiner Bleibe?", rief Peter nach vorn.

Immer noch Schweigen. Der Schnee knirschte zu ihren Füßen. Doch nein! Die letzte Farbe wich aus Peters Gesicht, als ihm gewahr wurde, dass nur er allein bis zu den Waden versank. Der Fremde derweilen schwebte leichtfüßig über den Boden, ohne die feine Eiskruste zu zerbrechen. Peter schauderte. Der Mann konnte nur ein Geist sein! Da er nicht wusste, was nun zu tun war, trug er weiter artig den Baumstamm bis zum Seeufer hinunter. Dann endlich, kurz vor dem Wasser, hielten sie an und legten ihre schwere Last ab. Der Mann blickte schweigend auf den See hinaus, in dem sich die Sterne spiegelten. Sollte Peter es wagen, sich davonzuschleichen? Zu spät. Erneut unter seinen Umhang greifend, drehte die Spukgestalt sich zu ihm um. Holte er wieder die Axt hervor? Peter schlotterte am ganzen Leibe und seine Zähne schlugen aufeinander.

Es war nicht die Axt, sondern ein kleines Bündel, das der Fremde ihm auffordernd entgegenhielt.

„Für mich?"

Der Mann nickte. Langsam näherte sich Peter der Gestalt und streckte zitternd den Arm aus, bis seine Hand das Bündel umschloss. Kaum hatte er aber das Geschenk an sich genommen, da ward ihm drehend im Kopfe zumute und er schloss für einen Moment die Augen.

Im nächsten Moment war der Spuk vorbei. Mann und Baum waren verschwunden, als hätte es sie nie gegeben. Allein Peters Fußstapfen führten herab zum See.

Hatte er geträumt? Benommen rieb Peter seine Augen und wurde des Bündels gewahr, dass er immer noch in der Hand hielt. Der Mann war also tatsächlich da gewesen! Vorsichtig öffnete Peter die lederne Kordel und spähte neugierig ins Innere. Er stutzte, als er eine Handvoll Eicheln darin entdeckt. Einen solchen Lohn hatte er noch nie erhalten!

Nie wieder ward Peter dem Geist ansichtig geworden. Und viele Jahrzehnte später noch, nun schon ein Greis, erzählte er seinen ungläubig lauschenden Enkeln und Urenkeln von seinem Abenteuer. Die Eicheln aber, die hatte er behalten und in Mutters Garten eingepflanzt. Und wenn er nicht gestorben ist, so döst er an warmen Sommertagen noch heute in ihrem Schatten und träumt von einer längst vergangenen Winternacht.

Lisa Weiß (30 Jahre) ist im Herbst 2023 von Dresden an den Bodensee gezogen und arbeitet seither als Pflegekraft in einem Hospiz. Wenn sie nicht gerade arbeitet oder wandern ist, schreibt sie in ihrer Freizeit an einem historischen Roman, der vor über 5000 Jahren in einer jungsteinzeitlichen Pfahlbausiedlung spielt. Auf ihrem Instagram Account gruene. walnuss teilt sie ihren Weg als angehende Autorin.

Der fliehende Reiter
von Überlingen

Dort am Brunnen, wo ich von Bäumen beschattet auf einer Bank gesessen habe, ist nun ein verwaister Fleck. Wo meine Füße – von Sandalen befreit – mit dem Kopfsteinpflaster auf Tuchfühlung gegangen sind, ist nichts geblieben – abgesehen von meinen unsichtbaren Fährten. Ich verwahre die Erinnerungen an Überlingen als Souvenir in meinem Kopf, und doch, so etwas wie Abschiedsschmerz bohrt in mir. Nachdenklich stimmt es mich schon, wie die Zeit vergeht, wie sie vor mir flieht, wie wenig ich vom Bodensee nach den paar Tagen meines Aufenthalts mitnehmen kann. Spätestens im nächsten Jahr werde ich wiederkommen, der Plan steht, dieser Entschluss ist gefasst.

Vor knapp anderthalb Stunden habe ich Überlingen verlassen und mittlerweile befinde ich mich irgendwo in der Umgebung von Biberach auf meiner Route heimwärts und glaube es kaum. Wo ich gerade bin, reihen sich Dörfer zu einer Kette von Stationen im Niemandsland. Im Nu tauchen sie vor mir auf – und im nächsten Moment betrachte ich sie bereits durch den Rückspiegel, wie sie zu winzigen Punkten werden und bald darauf aus meinem Wahrnehmungsfeld verschwinden.

Seit ich losgefahren bin, schießt mir pausenlos ein Zitat durch den Kopf. Es stammt von Martin Walser. Seine Aphorismen inspirieren mich immerzu. Welche Antworten ich auf einen seiner geistreichen Sprüche von mir selber bekomme, möchte ich wissen. Ich mache also die Probe, indem ich mir folgendes, meine Selbsterkenntnis anregende Zitat vorknöpfe: „Bei jeder Lektüre antwortet der Lesende mit seiner bewussten oder unbewussten Biografie auf das, was er liest." Das hat Martin Walser gesagt und daran orientiere ich mich.

Auf einem wenig kurvenreichen Streckenabschnitt nutze ich die Gunst des Augenblicks und lege sein Hörbuch *Ein springender Brunnen* in meinen Player. Walser spricht langsam, er liest bedächtig und was er sagt, fließt in mich hinein wie reifer Wein, der meinen Geist nährt. Bei der Auswahl des Titels spielt wohl die assoziative Nähe eine Rolle. Zwischen dem Überlinger Brunnen und *Ein springender Brunnen* liegt lediglich ein Wimpernschlag. Ich denke nach. Über den Brunnen zu Überlingen. Über den Reiter, der darin hoch zu Ross sitzt. Und vor allem darüber: Der Mann auf dem Pferd im Überlinger Brunnen soll Martin Walser verkörpern. Bei jedem Wort, das Martin Walser in seinem Hörspiel an mich richtet, kommt der Brunnen in Überlingen zu mir zurück, ganz so, als stünde er auch in über hundert Kilometern Entfernung leibhaftig vor mir. Noch jetzt sehe ich vor meinem geistigen Auge die schwachen Strahlen aus den Wasserdüsen des Überlinger Brunnens, die den obenauf thronenden Reiter bespritzen wollen und ihn in seiner Höhe nicht annähernd erreichen.

Mühelos rinnen Walsers Worte durch meine Gehörgänge. Von ihnen lasse ich mich berieseln, von Walsers Stimme tragen, als sänge er den Refrain meines Lieblingslieds. Mit seinem unnachahmlichen Duktus hat mir Walser so manche Schlechtwettertage versüßt. In dieser Gabe mache ich einen herausragenden Schriftsteller von nicht selten mich berührenden Romanen aus. Umstritten mag Walser ja sein, doch übel nehmen kann ich ihm seine Polarisierungen keineswegs. Wenn er mit scheinbar angeborener und durch nichts zu erschütternder Seelenruhe seine Werke vorträgt, muss ich ihm alles verzeihen. Walsers Stimme bewegt mein Gemüt. Der Hut auf dem Haupt des Virtuosen ist mir vertraut.

Der Handlung von *Ein springender Brunnen* kann ich folgen, obgleich ein Teil von mir mit Peter Lenk beschäftigt ist, dem Schöpfer des Bodenseereiters in Überlingens Brunnen. Da ich an Walser so schätze, dass er mich an seinen Gedanken teilhaben lässt wie ein väterlicher Freund, interessiere ich mich für seine Person und setze mich mit seiner Fehde, betreffend Peter Lenk, auseinander. Kann es sich bei dem von Lenk als Martin Walser angedachten Reiter um eine Verwechslung handeln? Halten die Nixen womöglich einen Zeitgenossen von weit weniger Rang und Namen auf dem störrischen Gaul in die Überlinger Lüfte? Hat Lenk einem Walser nur verblüffend ähnlich sehenden Double Schlittschuhe angezogen anstatt einem Reiter standesgemäße Stiefel?

Etappe für Etappe gleite ich dem Hafen meiner Heimat entgegen. Ich halte mein Lenkrad, schalte, wenn es nottut, bremse ab und an.

Leitplanken flankieren die Straße, sie navigieren mich auf ihre eigentümliche Weise. Der Wind hat kaum Kraft. Ich bemerke seine Schwäche an den beinahe erliegenden Rotorblättern einer Windkraftanlage ein bisschen abseits. Ich bin konzentriert auf Walsers Hörbuch. Im Hintergrund läuft das Konzert der Klimaautomatik. Lenkt es mich ab? Oh nein, im Gegenteil. Jeder Reiz hat seinen Platz.

Aufgeräumt wie ich gerade bin, knüpfe ich an meine vorigen Fragen an. Ich möchte mich gerne zu einer inneren Stellungnahme durchringen können: Wie würde das Reiterdenkmal auf mich wirken, beträfe es nicht Walser, sondern meine Wenigkeit? Sähe ich durch Lenks Denkmal den Respekt vor meiner Person gefährdet oder gar nachhaltig zerstört? Walser mag das Denkmal nicht. Nie hat er es angeschaut. Wo es sich befindet, will er nicht sein. Habe ich Walser verraten, weil mich das Monument des Bildhauers Lenk fasziniert? Jene Martin Walser zu zweifelhaftem Ruhm verhelfende Kunst hat mich zu Interpretationen angeregt. Walser möge meine Ergriffenheit entschuldigen.

Den Friseur in der Nachbarschaft des Brunnens hat Walser aufgegeben, um Lenks Skulptur zu meiden. Hat Martin Walser mit diesem Ausweichmanöver denn nicht hinlänglich ausgedrückt, wie unermesslich er im Radius des Bodenseereiters leidet, wie primär sein Bedürfnis wäre und wie alternativlos sein Ansinnen, jene architektonische Karikatur durch Abriss zu revidieren?

Meine Auseinandersetzung, befürchte ich, bleibt fruchtlos. An welcher Stelle des Konflikts ich mich auch positioniere, wer will schon meine Meinung hören? Aufgrund mangelnder Erfolgsaussichten und der Angst, ich würde über meinen Erwägungen allmählich wahnsinnig werden, widme ich mich auf der restlichen Fahrt ausschließlich Walsers *Ein springender Brunnen*. Die Landesgrenze von Bayern habe ich überschritten. Das andauernde Grübeln über Lenk und Walser hat den Stunden meiner Rückreise Flügel verliehen, sie zerstäubt zu Sandkörnern von Sekunden. Sind meinen Reifen zwischenzeitlich Meilenstiefel angelegt worden oder warum sonst befinde ich mich nach gefühlt so kurzer Zeit in meiner Heimat?

„Bei jeder Lektüre antwortet der Lesende mit seiner bewussten oder unbewussten Biografie auf das, was er liest." Nachdem ich den Satz ohne Unterlass wiederholt habe, ist er mir in Fleisch und Blut übergegangen. Mir kommt es vor, als hätte ich ihn selbst verfasst und nicht bloß von Walser übernommen. Vorübergehend bin ich unentschieden über den Urheber des Zitats. Eine Frage brennt mir noch unter den Nägeln: Ist nicht auch Walsers Reaktion auf das Reiterdenkmal eine Erwiderung mit seiner ureigenen Biografie?

Als ich vor meinem Garagentor parke, ist Walsers letztes Wort verklungen. *Ein springender Brunnen* habe ich gleich zweimal abgespielt, denn doppelt angehört findet der Inhalt des Hörspiels leichter Zugang zu meinem Langzeitgedächtnis. Solange man mir noch ansieht, wie Walser in mir fuhrwerkt, möchte ich den Daheimgebliebenen nicht gegenübertreten. Meine Frau und meine Kinder haben nach meinem Eintreffen ein Anrecht auf meine ungeteilte Zuwendung. Niemandem außer ihnen darf meine Aufmerksamkeit nun gelten. Jenen Komfort will ich ihnen bieten.

Und so vergeht abermals geraume Zeit bei ruhendem Motor hinter meinem Steuer, ehe ich mich reguliert habe. Dermaßen abgekühlt, als wäre mir Walsers Unstimmigkeit mit Lenks Brunnen niemals auch nur die Gedankenzeit eines Flügelschlags wert gewesen, läute ich später an der Haustür und werde von den offenen Armen meiner Liebsten empfangen.

Oliver Fahn, *geboren 1980, Pfaffenhofen an der Ilm, verfasst regelmäßig Kurzgeschichten für Kulturmagazine und Anthologien. Seine jüngsten Erfolge: „An der Pforte zur Teilhabe" bei Poems of Liberty Projekt Europa 2050 von der Friedrich Naumann Foundation (einer der beiden Sieger in der Kategorie „Europe of its Citizens") „An der Seite des sonderbaren Mannes" für die Anthologie „ungebunden" der Stadt St. Pölten (eine von 20 ausgewählten Geschichten).*

Das geisterhafte Geschenk

Die Sonne neigte sich schon dem Horizont entgegen, als Gertrude von Velbehr am Ufer des Bodensees entlangschlenderte. Man schrieb das Jahr 1899. Gertrude war eine junge Schriftstellerin, die bisher jedoch keine nennenswerten Erfolge vorweisen konnte. Auf ihrer Suche nach Inspiration hatte es sie an diesen malerischen Ort verschlagen.

Gertrudes Blick fiel auf die imposante Burg Meersburg, welche stolz auf einem Hügel thronte. Die Gedanken der jungen Schriftstellerin schweiften zu einem ihrer Vorbilder, der Dichterin Annette von Droste-Hülshoff, die hier ihre letzten Lebensjahre verbracht hatte und 1848 dort gestorben war. Besonders die dunklen Mauern des Burgturmes faszinierten Gertrude. Sie besaßen eine morbide Aura, welche sie gleichzeitig anzog und ängstigte.

„Wie wäre es, wenn ich eine Spukgeschichte schreiben würde?", sagte die junge Frau zu sich. „Sie müsste den Lesern eine wohlige Gänsehaut bereiten und mir endlich den Durchbruch schenken."

Inbrünstig schloss Gertrude ihre Augen und hoffte auf eine Inspiration für ihr Vorhaben. Da – plötzlich – hörte sie nahende Schritte! Im Dunkeln sah sie eine Gestalt, welche sich ihr langsam näherte. Gertrude erkannte eine Frau, welche offensichtlich auf dem Weg in die Burg war. Die junge Schriftstellerin blickte sie verwundert an. Die Frau trug altmodische Kleider und auch ihre Frisur schien wie aus einer vergangenen Epoche zu stammen.

„Ich hoffe, ich habe Euch nicht erschreckt", sprach die Fremde.

„Das habt Ihr wohl!", entgegnete Gertrude. „Ihr seid wie ein Gespenst plötzlich aus dem Nichts erschienen."

„Das tut mir leid", entgegnete die Fremde. „Darf ich Euch noch zu einem Gläschen Wein einladen? Ich wohne hier in der Burg und habe nicht oft Besuch."

Gertrude lehnte dankend ab, erklärte sich jedoch dazu bereit, mit der Frau noch etwas zu plaudern.

Die Fremde setzte sich zu Gertrud auf die Bank. „Ihr seht bedrückt aus", begann die Frau das Gespräch. „Erzählt mir, was es ist. Es tut der Seele gut, die Dinge beim Namen zu nennen."

Gertrude fasst Vertrauen zu der Frau und erzählte ihr von den vergeblichen Bemühungen, als Schriftstellerin Fuß fassen zu können.

Die mysteriöse Frau hörte aufmerksam zu. „Oft ergibt sich der Schlüssel zum Erfolg durch eine plötzliche Idee oder auch eine unerwartete Begegnung", meinte sie. „Erzählt doch bitte mehr von Euch."

Gertrude berichtete der Fremden von ihrer Bewunderung für die Dichterin Annette von Droste-Hülshoff und dem Wunsch, eine wirklich schauerliche Erzählung zu schreiben.

Die Frau, welche sich als Agnes vorstellte, lächelte und sagte: „Nun, da habe ich eine gar schaurige Sage für Euch."

Und Agnes erzählte: „Im 13. Jahrhundert lebte hier auf der Burg ein vornehmer, aber auch sehr grausamer Graf. Er drangsalierte seine Untergebenen und das Volk. Vor allem war er wahnsinnig eifersüchtig. Seine Frau Hildegard musste all seine Tobsuchtsanfälle ertragen und weinte sich oft in den Schlaf. Die Eifersucht des Grafen wurde immer schlimmer, schließlich misshandelte er Hildegard, die oft daran dachte, ihrem Leben selbst ein Ende zu setzen. Stattdessen verliebte sie sich in einen Kammerdiener. Dieser war ein liebevoller Mensch und versuchte alles, um Hildegards Leben erträglicher zu machen. Beide beschlossen, zusammen aus dem Schloss zu fliehen, um irgendwo ein neues Leben zu beginnen. Doch eine intrigante Zofe der Gräfin bekam alles heraus und erzählte es dem Grafen. Noch in derselben Nacht wurde der Diener von den Schergen des Grafen getötet. Hildegard aber ließ der Tobsüchtige in ein tiefes, dunkles Burgverlies sperren. Nur ein Kerkermeister kümmerte sich um die verzweifelte Frau.

Hildegard trug zu dieser Zeit, ohne dass es der Graf gewusst hatte, ein Kind von ihrem Diener unter dem Herzen. Als es zur Welt kommen sollte, holte der Kerkermeister seine Frau, damit sie Hildegard beistehen konnte. Doch die Mutter starb bei der Geburt und so nahm die Frau des Kerkermeisters das kleine Mädchen zu sich und zog es gemeinsam mit ihrem Mann auf.

Klara, so nannten sie die Kleine, wuchs zu einem wunderschönen

Mädchen heran, welches ihrer verstorbenen Mutter wie aus dem Gesicht geschnitten war.

17 Jahre waren seit dem Tode Hildegards vergangen. Der Graf herrschte wie eh und je – grausam und unbarmherzig. Hildegard hatte er längst vergessen und von einer Tochter wusste er nichts, da die Frau des Kerkermeisters Klara als ihr eigenes Kind ausgab.

Eines Tages besuchte Klara die Burg des Grafen, auf welcher sie zuvor noch nie gewesen war. Der Kerkermeister und seine Frau hatten es stets für besser gehalten, mit dem Mädchen nicht dorthin zu gehen. Doch Klara war wissbegierig. Die Burg weckte ihre Neugier und so stahl sie sich eines Tages heimlich aus dem Hause ihrer Eltern fort und betrat die große Burganlage. Als Klara auf der Aussichtsplattform der Burg angelangt war und neugierig zwischen den Zinnen auf Meersburg hinabsah, hörte sie nahende Schritte. Es war der Graf, der um diese Zeit immer auf die Aussichtsplattform ging, um frische Luft zu schöpfen.

Als er Klara erblickte, starrte er das Mädchen wie wahnsinnig an. „Hildegard!", schrie er. „Das… das kann nicht sein! Du … du bist nur ein böser Geist!"

Als Klara auf ihn zuging, um den Tobenden zu besänftigen, fasste sich der Graf schreiend ans Herz. Dann taumelte er rückwärts, geriet zwischen zwei Zinnen und stürzte kopfüber in die grässliche Tiefe! Seine eigene Grausamkeit hatte ihn schließlich ins Verderben geführt."

Hier beendete Agnes die Erzählung. Gertrude sagte, sichtlich berührt: „Was für eine schauerliche und zugleich ergreifende Erzählung. Das Schicksal der armen Hildegard hat mich sehr getroffen."

„Das ist gut", erwiderte die Frau. „Wenn eine Erzählung den Zuhörer berührt, egal in welcher Weise, dann ist es eine gute Geschichte." Sie sah Gertrude mit einem hintergründigen Lächeln an. „Vielleicht habt Ihr ja Lust bekommen, die Geschichte aufzuschreiben, um sie mit Euren eigenen Worten zu erzählen."

„Oh ja, das will ich tun! Habt vielen Dank!", rief Gertrude und drückte der fremden Frau dankbar die Hand. „Es wäre schön, wenn wir uns wiedersehen könnten!"

„Ja, das wäre es", erwiderte die Frau. „Aber jetzt geht nach Hause und schreibt die Geschichte nieder."

Und Gertrud befolgte Agnes' Rat. Die Schauergeschichte brachte ihr den Durchbruch als Schriftstellerin. Die Anerkennung gab Gertrud neuen Mut und schenkte ihr weitere Ideen für viele Erzählungen, mit denen sie berühmt und wohlhabend wurde.

Als Gertrude wieder einmal in Meersburg weilte, wollte sie sofort die gute Agnes aufsuchen, welche an ihrem Erfolg so maßgeblich beteiligt war. Doch als sie die Menschen nach Agnes fragte, wusste niemand, wer diese Frau war. Keiner hatte sie je gesehen und eine Frau mit diesem Namen hatte niemals in der Burg gelebt.

Plötzlich erkannte Gertrud, wer Agnes in Wirklichkeit gewesen war. Hatte sie nicht wie ein Mensch aus vergangenen Zeiten gewirkt? War Agnes vielleicht gar keine Frau aus Fleisch und Blut gewesen? Die Dichterin Annette von Droste-Hülshoff hatte doch vor langer Zeit hier auf der Burg gelebt. Vielleicht war es ja der Dichterin Geist höchstpersönlich gewesen, der Gertrude den Weg zu Ruhm und Anerkennung geebnet hatte.

Bis zum heutigen Tage geht die Sage um, dass aufstrebende Schriftsteller, wenn sie Meersburg am wunderschönen Bodensee besuchen, vom Geiste der berühmten Dichterin inspiriert werden, was ihnen schließlich zu Ruhm und Anerkennung verholfen hat.

Klaus Enser-Schlag, *geboren in Stuttgart, Hörspielautor beim SRF (Schweizer Radio und Fernsehen), bisher wurden 22 Hörspiele von ihm in Zürich und Basel produziert. Erster Rundfunkbeitrag für den SWR. Veröffentlichung von Kurzgeschichten, Gedichten, Songtexten, Internet-Artikeln und verschiedenen Beiträgen für Anthologien. Der Autor lebt heute in der Nähe von Hamburg.*

Gefangen im See

Seit Jahren fährt Almina in den Sommerferien zu ihren Großeltern an den Bodensee. Sie liebt es, an dem riesigen See zu sein, der so groß wie ein Meer wirkt. Selbst der Sandstrand, der von der Terrasse des Hauses von Opa und Oma ins Wasser führt, lässt dieses Gefühl aufkommen. Als sie kleiner war, haben die beiden Almina ins Bett gebracht und Märchen rund um den Bodensee erfunden. Wie das vom Froschkönig, der zu einem hässlichen Hechtkönig wurde, aber in Wahrheit ein Meermannkönig war. Auch wenn sie die umgeschriebenen Abenteuer geliebt hat, findet sie, dass sie inzwischen zu alt für Märchen ist. Daher liest sie lieber vor dem Schlafengehen Bücher.

In einer Nacht, als Almina wach wird, stürmt es draußen wie wild. Blitze zucken zuhauf vom Himmel hinunter. Bei jedem Donner zuckt sie zusammen. Ihr Blick geht aus dem Fenster. Vor lauter Regentropfen, die dagegen prasseln, kann sie nur den Wasserverlauf und das helle Aufleuchten, das vom Himmel herunterzuckt, sehen.

„Du bist wach geworden", hört sie ihre Oma.

„Ja", sagte sie leise und sieht zu der alten Frau im Morgenmantel.

„So starkes Unwetter hatten wir schon sehr lange nicht mehr."

„Wenn der Donner und der starke Regen nicht wären, könnten wir das alles mehr genießen."

Schmunzelnd setzt sich ihre Oma zu ihr ins Bett.

„Findest du es nicht merkwürdig, dass die Blitze immer an der gleichen Stelle herunterkrachen?"

„Es sieht nur so aus. Ich wette mit dir, dass es viel weiter hinten ist und nur so wirkt."

Almina krabbelt wieder unter die Decke. „Hoffentlich hört das bald wieder auf."

„Das weiß man nie." Sie hebt ihre Mundwinkel noch mehr.

„Vielleicht haben der König und der Prinz wieder einen Disput."

„Oma, ich bin keine fünf mehr." Seufzend zieht sie die Decke hoch.

„Aber auch noch nicht erwachsen." Bevor die Oma aufsteht, zwinkert sie ihrer Enkelin zu. „Versuch zu schlafen."

„Werde ich."

Die alte Frau lässt den Rollladen etwas weiter herunter und verlässt anschließend den Raum. Almina dreht sich vom Fenster weg, aber die Blitze erhellen immer noch zu sehr das Zimmer.

Irgendwann scheint das Mädchen eingeschlafen zu sein. Gähnend streckt sie sich. Die Sonne scheint ins Zimmer, als wenn nicht in der Nacht gefühlt die Welt untergegangen wäre.

Auch der Bodensee liegt friedlich wie immer da. Äste am Strand verraten aber den starken Wind, der umhergeblasen hat. Zum Glück sind die Gartenmöbel ihrer Großeltern festgemacht, so stehen sie noch da. Und dort sitzt auch in aller Ruhe ihr Großvater und schlürft seinen Tee.

Schnell zieht sich Almina an und saust nach unten. „Opa", ruft sie aus, als sie auf die Terrasse kommt.

„Huch, erschreck mich doch nicht so", sagt der alte Mann.

Sie drückt ihn. „Ich geh Muscheln suchen."

„Mach aber nicht zu lang, wir wollen gleich frühstücken."

Almina nickt und rennt los. Barfuß durch den Sand zu laufen, gefällt ihr sehr gut. Mit den Zehenspitzen stellt sie sich an den Wasserrand. „Kalt", ruft sie aus und zieht sich zurück. Sie hört ihren Opa lachen. Aber ob es wegen ihr oder ihrer Oma ist, weiß sie nicht.

Weiter geht sie den Strand entlang und sucht nach Muscheln. Ein Ast wird ihr Stocherwerkzeug. Nach ein paar Minuten hat sie schon die Bauchtasche ihres Hoodies voll. Auf einmal sieht sie eine komische Muschel, lila Blitzmuster auf türkisen Hintergrund. Fast so lang wie ein Turm und dreieckig. Sie hat noch nie so eine Muschel gesehen.

Als Almina sie anfasst, bekommt sie einen Stromschlag. „Aua." Statt aber zurückzuweichen, nimmt sie die Muschel mit dem Stecken hoch. Sie fühlt sich auf einmal stark und als wenn sie sich in Frühnebel befinden würde. Kurz kommt in ihr der Gedanke auf, dass diese Muschel magisch sein könnte, aber daraufhin lacht sie. An Magie glauben nur kleine Kinder.

Sie hebt die Muschel an ihr Ohr, um das Rauschen zu hören. Doch was sie hört, lässt sie die Muschel wegwerfen.

„Hilfe!", brüllt es.

Kommt das wirklich aus Muschel oder woandersher? Ihr Blick geht über den Strand, das Wasser zu den Häusern auf der anderen Seite, aber es ist niemand zu sehen und die Fenster sind zu. Daher kann e nicht kommen. Langsam greift sie nach der Muschel. Sofort fühlt sie den nassen Schleier und legt sie wieder an ihr Ohr.

„Hilf mir."

Eindeutig kommt das aus dem Inneren der Muschel. „Und wie?", fragt sie aus einem Impuls heraus.

„See ... Mitte ... Muschel ...", sind die einzigen Wörter, die sie versteht.

„Hallo?", sagt sie und schüttelt die Muschel. „Was genau muss ich tun?" Aber es kommt keine Stimme mehr aus dem Inneren des Kalkkonstruktes in ihrer Hand.

Sie wendet sich zum See. Hat sie sich doch nicht getäuscht und die Blitze sind gestern Nacht nur in der Mitte heruntergekracht? Das Einzige, was sie in diesem Moment tief in sich weiß, ist, dass es um jede Sekunde geht. Schnell läuft sie zu ihren Großeltern zurück und in die Küche. Ihre Oma sieht sie mit einer hochgezogenen Augenbraue an.

„Schlüssel", keucht sie, „Boot."

„Da, wo er immer ist, aber lass dich nicht erwischen. Du darfst ja eigentlich nicht fahren."

Almina nickt schnell, flitzt in den Flur, greift nach dem Bootsschlüssel und rennt zu der Anlegestelle.

Schon als Kleinkind hat sie auf dem Schoß ihres Opas gesessen und durfte das Boot steuern. Als sie älter wurde, stand er nicht mal mehr daneben und in den letzten Jahren hat er sie oft alleine fahren lassen. Zu ihrem Glück, denn das zu erklären, was sie gerade erlebt hatte, wäre zu kompliziert und verrückt gewesen. Dazu hätte es auch noch sehr viel Zeit gekostet.

Je näher sie der Mitte des Sees kommt, umso kühler wird es um sie herum und sie spürt, wie die elektrische Ladung ihre Haare zu Berge stehen lässt. Jetzt sieht sie wohl schlimmer als Pumuckl aus.

Sie stellt den Motor ab und sucht auf der spiegelnden Oberfläche des Sees einen Hinweis, was sie jetzt machen soll.

„Ich bin hier, was soll ich tun?", schreit sie die Muschel an.

Eine Antwort bekommt sie nicht. Sie schüttelt sie und brüllt immer wieder hinein, aber immer noch nichts von dem Hilferufenden.

Plötzlich wackelt das Boot und sie lässt aus Versehen die Muschel in das Wasser fallen.

„NEIN!"

Doch das bunte Kalkkonstrukt wird immer mehr von der Tiefe verschluckt. Sie zieht ihr Shirt aus und will hinterherspringen, als genau neben ihrem Boot ein Blitz ins Wasser schlägt und der Bodensee alles andere als friedlich ist.

Nur schwer kann sie sich zum Steuer schleppen, immer wieder fällt sie um oder wird nach hinten geschleudert. Endlich erreicht sie den Schlüssel und gerade, als sie den Hebel für das Gas drücken will, ist alles wieder so wie vor ein paar Minuten.

Verwirrt sieht sie sich um. Keine Wolke, kein Donner und kein Blitz.

„Danke."

Schreckhaft dreht sie sich um und hält ihre Hand auf die Brust, in der wild ihr Herz pocht. „Wo kommst du denn her?"

„Ich bin Prinz Nalu."

„Klar", will sie spöttisch sagen, aber sie klingt sicherlich verwirrt.

„Mein Onkel hat mich eingesperrt letzte Nacht und meine Macht in die Königsmuschel gesteckt. Danke, dass du sie mir zurückgebracht hast."

„Gefangen? Hier mitten im See?"

Er bejaht es. „Ihr nennt uns Meermann."

„Aber du hast keine Flosse."

„Was denkst du, woher die Märchen kommen?"

„Dann ist das Meervolk vom Bodensee wahr?"

Sein Grinsen sagt alles.

__Luna Day__ lebt mit ihrer Familie in Augsburg.

Gewusel am Seeufer

Wenn der Wind eine Pause macht,
es am Ufer vom Bodensee mächtig kracht.
Es kommen all die Wesen ans Licht,
gebt euch keine Mühe – ihr seht sie nicht.
Ob Trolle, Kobolde oder Wassermänner,
besondere Gesellen für Sagenkenner.
Sie spielen Fangen und Verstecken
direkt neben der alten Schlehenhecke.
Sie huschen und wuseln im Nebel herum,
tauschen heimlich die Dinge um.
Sind alle Freunde im Geheimen,
egal ob die Großen oder Kleinen.
Wenn der Wind zu tosen beginnt,
verschwindet sogleich auch das kleinste Wesenskind.
Zurück bleibt der Zauber des Unsichtbaren,
der Bodensee, dessen Geheimnisse für immer sicher verwahren.

Julia Elflein, *1990 geboren, wohnhaft Friedrichshafen.*

Ein Besuch am Bodensee:
Icke und die See-Schnee-Fee

Miss K wollte besucht werden – doch wieder mal kam es anders als gedacht. Caya war schon viele viele Male am See gewesen. Sie liebte den Bodensee. Schon als junges Mädchen verbrachte sie ihre Kindheit dort an diesem wundervollen Plätzchen und war sogleich schockverliebt.

Jahre später, sie wohnte mittlerweile im Schwabenländle, zog eine gute Freundin an diesen zauberhaften, heiß geliebten, fast schon magischen Ort. Schade, denn sie hatten sich gerade erst richtig kennengelernt. Sie waren so was wie Seelenverwandte und so brach der Kontakt nie ab. Und wann immer ihnen danach war, nahmen sie Kontakt zueinander auf.

Drei Sommer später machte sich Caya auf den Weg, um ihre Freundin am See zu besuchen. Caya fuhr mit dem Zug, sie liebte es, mit der Bahn zu fahren. Meist reiste sie ohne viel Gepäck, dafür mit umso mehr Gebäck. Genüsslich lehnte sie ihren Kopf an die Lehne und lauschte den Gesprächen der Leute um sie herum. Es schaukelte und wackelte und so dauerte es nicht lang und sie schlief ein. Sie träumte von herrlichen Nebelschwaden, welche sich morgens am See bildeten. Caya war in ihren Träumen schon angekommen. Zum Glück schrie ein kleiner Junge lauthals nach Schokolade, sonst hätte sie weitergeschlafen und wäre nicht ausgestiegen.

Und wer stand da am Bahnhof mit einem breiten, freundlichen Lächeln im Gesicht? Miss K! Sie begrüßten sich freundschaftlich und sofort ging das Gegacker und Krakele los. Wie immer, wenn sie sich sahen. So ging es bis zum nächsten Morgen, sie hatten sich viel zu erzählen.

Am nächsten Tag gingen die zwei Freundinnen gemeinsam zum Seeufer, dort gab es einen kleinen Töpfermarkt mit allerhand selbst gemachten Dingen, die das Herz berührten. Sie schauten links, sie schauten rechts. Sie probierten hier, probierten dort. Jeder Gegenstand wurde in die Hand genommen und inspiziert. Caya und Miss

K hatten ihre wahre Freude. Sie liebten schöne Dinge. Egal wie klein sie waren. Sie hatten ein Auge für die wirklich wichtigen Dinge im Leben und fanden das Glück, auch wenn es noch so klein war. Und es war überall zu finden, man musste nur genau hinschauen.

Dann wurde Caya kreidebleich. Miss K spürte sofort den Unmut der Freundin und drehte sich zu ihr um. Caya hatte eine kleine Schneekugel gefunden. Da sie Schneekugeln liebte, nahm sie die Kugel freudig hoch, schüttelte sie kräftig – erst dann sah sie, dass hier kleine Marienkäfer im Schneegestöber durchwirbelt wurden. Marienkäfer? In einer Schneekugel?

Caya hielt die Kugel in die Sonne. Tatsächlich. Mehr als ein Dutzend Marienkäfer waren in der Schneekugel gefangen. Miss K hielt ebenfalls eine marienkäfergefüllte Schneekugel in der Hand. Der ganze Tisch war voll von Marienkäfer-Schneekugeln. Ungläubig schauten sich Miss K und Caya an. Dann gab es ein lautes Poltern, ein Krachen, einen großen Rumms. Wie von Geisterhand segelte die Tischdecke zu Boden und die Marienkäfer-Schneekugeln plumpsten vom Tisch. Ein Knacksen, ein Knirschen und die Kugeln zerbrachen. Dann purzelten neunundneunzig Marienkäfer heraus.

Was war geschehen?

Natürlich – Icke! Was hatte er nun schon wieder angestellt, der übermütige Schrecksel? Oh nein, nicht schon wieder – sein linker Zeh war tiefblau – und ihr wisst ja, was das bedeutet.

Eigentlich war Icke ja ein ganz netter Kerl, doch wenn es ihn im linken Zeh juckte, dann konnte er eben einfach nicht anders. Und es juckte ihn oft in seinem kleinen, blauen Zeh! Alle Schrecksels hatten winzige blaue Zehen, doch die von Icke waren besonders blau. Und immer kitzelten sie ihn – gestern fingen sie schon am frühen Morgen an zu kribbeln. Und deshalb war der freche Schrecksel, als er sah, dass sich ein paar reiselustige Marienkäfer in Cayas Jackentaschen versteckten, einfach in die Kapuze gekrabbelt und hatte sich ganz tief unten im weichen Stoff verkrochen.

Leider hatte Caya ihre Jacke im Zug vergessen und dort fand sie die See-Schnee-Fee. Eigentlich war die See-Schnee-Fee nur im Winter am See anzutreffen – doch die milden Winter hatten ihren Rhythmus durcheinandergebracht und den Sommer fand sie auch ganz nett. Die See-Schnee-Fee hatte aber nicht nur die Jacke gefunden, sondern mit ihr die neunundneunzig Marienkäfer. Da sie wusste, dass Marienkäfer Glück bringen, steckte sie die Krabbelkäfer kurzerhand in die Schneekugeln. Man sollte vielleicht dazu sagen, dass die kleinen Käferlein sich nicht bewegt hatten und die See-Schnee-Fee davon ausgegangen war, dass sie … nun ja … vielleicht aus dem letzten Sommer stammten? Die See-Schnee-Fee war ja keine böse Fee – vielleicht manchmal einfach nur ein bisschen schusselig und trottelig … Wahrscheinlich hatte die See-Schnee-Fee auch vergessen, ihre Brille aufzusetzen.

Und Icke? Icke hatte sie ebenfalls in eine kleine Kugel gepackt. Er leuchtete so schön blau. Achalm-Blau, Neckar-Marin – der freche Schrecksel hauste ja an Echaz und Co.

Doch Icke wäre nicht Icke, wenn er nicht einen Weg hinausgefunden hätte. Und so kam es, dass sich der clevere Schrecksel befreien konnte. Und irgendwie konnte er die Marienkäfer ja nicht im Stich lassen. Schließlich waren es die Marienkäferkinder der Marienkäferkönigin. Und deren Zorn hatte er schon mehrfach auf sich gezogen. Da wollte er lieber keinen weiteren Ärger riskieren.

So zog der Schrecksel mit aller Kraft an der Tischdecke und alle Schneekugeln fielen zu Boden. Zum Glück! Gut gemacht, Icke!

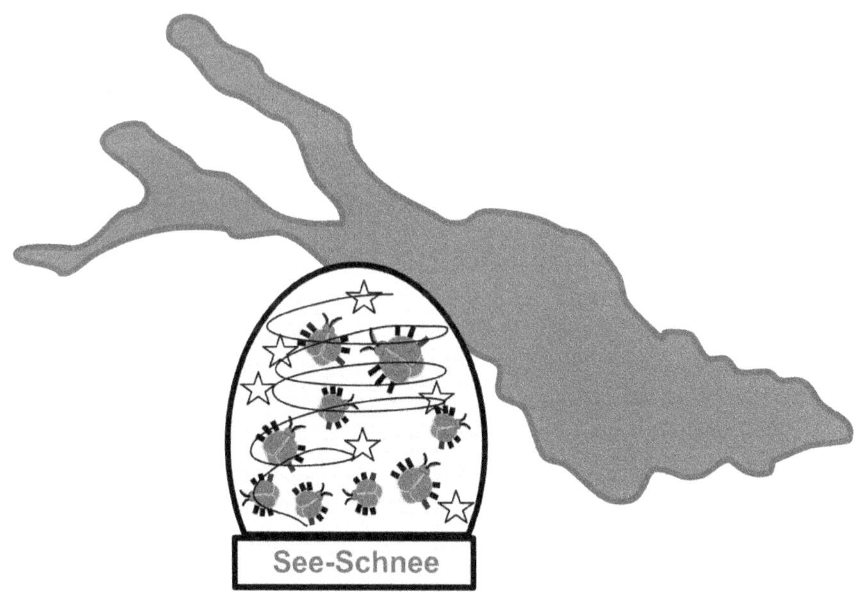

Miss K und Caya sammelten sofort alle Marienkäfer ein. Zum Glück wehte gerade ein wirbeliger Seewind. So breiteten die Marienkäfer ihre zarten Schwingen aus und *ruckzuck* waren die Flügelchen wieder trocken. Schnell verkrochen sie sich in den Taschen von Cayas Jacke. Bis Cayas Abreise am Abend kamen sie nicht mehr heraus.

Und Icke? Icke lag stolz in der Kapuze – nur sein kleiner blauer Zeh schaute heraus.

***Yasmin Mai-Schoger** schreibt lustige Gedichte und Geschichten stets mit einem humorvollen Blick auf das Leben. Die Autorin lässt ihre Kreativität überall einfließen: in Theaterstücke, selbst geschriebene Lieder oder in neue Rezepte für Kuchen und Torten. Aus ihrer Feder stammen Gestalten wie die Tübinger Turteltaube Tilda, welche an der Neckarinsel Wünsche ausbrütet, das Neckar-Männle, welches Kummer und Sorgen halbiert, und der Döse-Wicht, der zu jeder Tages- und Nachtzeit – an jedem Montag, Dienstag und Freitag und in jeder Mittagspause – döst, schläft und ruht. Ebenso die Schwälbler, die Harznoks und noch viele weitere. Zum Glück verstand sie sich niemals mit der Mathematik, sonst hätte sie wahrscheinlich nie auch nur ein Wort geschrieben. Es lebe die Mathematik! www.gedichteniche.de.*

Die Sage vom Schwarzenberger

Auf einem Berg oberhalb des Schwäbischen Meeres, wie man den Bodensee auch nennt, stand einst die Burg des Grafen von Schwarzenberg. Der war ein übler Geselle, so geizig und menschenschinderisch wie niemand sonst in der Welt, und Volk und Knechtschaft hatten wohl unter ihm zu leiden. Auch soll er drei prachtvolle Pferde gehabt haben, einen Schimmel, eine Schecke und einen Rappen, die waren ihm teurer als jeder Mensch. Jeden Tag wusch er sie mit Wein und Milch und ließ sie Honig saufen und Kuchen fressen, während die Dienstboten keinen Tropfen zu trinken und keinen Brocken zu essen bekamen. Klopfte gar ein Bettler an seine Tür, so verkaufte er ihm noch einen Becher Brunnenwasser für teures Geld. Aufs Feld ließ er die Pferde erst recht nicht, denn er hatte seine Knechte, die Arbeit zu verrichten. Erbaten diese sich aber ihren Lohn, so zählte er ihnen den zehnfach mit der Peitsche auf, mehr als sie verdient hatten. Auch war er arg grausam, denn als er einmal mit der Kutsche durchs Tal fuhr, da lag gerad jemand im Wege, der war gestürzt und konnte nicht mehr laufen. Weil es aber dem Grafen zu schad um seine Pferde war, ließ er sie nicht vom Wege abweichen und fuhr den armen Mann tot.

Wie er schließlich sein lüsternes Auge auf die schöne Tochter eines Bauern geworfen hatte und sie an seine Seite und in seine Dienste verlangte, ließ ihr Vater sie aber nicht gehen, obgleich er um die Härte seines Herrn wusste. So drohte ihm der Graf von Schwarzenberg, ihn von seinem Hof zu jagen, wenn er nicht den größten und reichsten Apfelbaum vor ihn brachte, der auf seinem Lande wuchs. Mit den Pferden vor die Krone gespannt, sollte er den Apfelbaum auf die Burg des Grafen schleifen, ohne dass auch nur einer der dicken, roten Äpfel Schaden nähme.

Ohne jede Hoffnung, dass ihm dies gelingen könnte, ging der arme Bauer von dannen und suchte nach dem größten und schönsten Apfelbaum auf seinem Boden, der die dicksten Äpfel trug, und

wie er schon die Axt zum Schlag erhob, trat hinter dem Baum ein
grüner Jäger hervor und fragte nach dem Grunde seines Kummers.
Nachdem ihm der Bauer geklagt hatte, welch schwere Pflicht ihm
sein Herr auferlegt hatte, versprach ihm der grüne Jäger die Hilfe,
schlug den Baum mit einem Streich um und rief drei Pferde vor
sich, einen Schimmel, eine Schecke und einen Rappen, die er vor
den Baum spannte. Er selbst setzte sich auf den Stamm, und im feurigen Galopp ging es den steilen Berg hinauf zur Burg des Grafen
von Schwarzenberg. Als wollte er die Pferde zuschanden reiten, gab
der grüne Jäger ihnen die Peitsche, bis ihnen die Zunge zum Halse
heraushing.

Wie der Graf von Schwarzenberg das Gespann vor sich kommen
sah, war er höchlich erstaunt, denn kein einziger der dicken roten
Äpfel auf dem Baume war versehrt. Als er aber die Pferde anschaute,
die vor Angst und Qual zitterten, und in ihnen seine eigenen Tiere
erkannte, da sprach der grüne Jäger zu ihm: „Hier siehst du deine
Pferde, die du mehr geliebt als die Menschen. Auch dir wird es so
ergehen wie ihnen, dass sie in der Hölle für die Qualen deiner Untertanen büßen, wenn du nicht von deinen Sünden ablässt.“

Und unter lautem Lachen ritt er auf den feurigen Pferden davon,
dass die Funken nur so sprühten. Den Schwarzenberger aber erfasste
darüber ein solches Entsetzen, dass er sogleich Buße tat und fortan
ein gottgefälliges Leben führte.

Ein andermal hingegen erzählt man sich – und ein jeder mag glauben, welche Geschichte er für wahr hält –, der Graf von Schwarzenberg habe sich nicht einmal vom Teufel bekehren lassen. Er blieb so
gottlos wie eh und je und bald ereilte auch ihn die Strafe des Teufels,
wie er ihn gewarnt hatte.

In einer stürmischen Nacht preschte der grüne Jäger aufs Neue
auf den drei Pferden zur Burg des Schwarzenbergers hinauf, den Apfelbaum im Geschirre. Die Funken sprühten unter den Hufen der
Pferde, Mähnen und Schweife loderten wie Flammen und aus ihren
Nüstern stieg der Rauch.

Unter lautem Lachen schnürte der grüne Jäger den Schwarzenberger auf den Stamm des Apfelbaumes, und fort ging es mit Donnern
und Getöse geradewegs in die Hölle. Seine Burg stürzte zusammen
und verbrannte, bis nichts mehr von ihr übrig blieb.

Aber noch heute, so erzählt man sich, soll der Schwarzenberger des Nachts umgehen in der Gegend, wo einst seine Burg gestanden, und die Leute erschrecken, die ihm über den Weg laufen, bis ihm jemand seine Sünden zu vergeben und ihn zu erlösen vermag.

Adrian Schwarzenberger, geboren 1982 in Bautzen, arbeitet als Autor und Übersetzer.

Ein zweites Leben

Wie ein blutiger Fisch sei sie aus dem Körper ihrer Mutter geflutscht und ihre Augen hätten blau geleuchtet wie Vergissmeinnicht, hatte ihr Vater über ihre Geburt erzählt. Erst als die Erzählung schon so alt geworden war, dass sie nicht mehr erzählt wurde, begriff sie, wie viel Liebe in seiner Metapher steckte. Denn Vergissmeinnicht war seine Lieblingsblume und der Fisch entsprang seiner Liebe zum See, zum Bodensee.

Vergissmeinnicht. Manchmal hätte sie sich gewünscht, sie wäre in ihrer Familie weniger vergessen worden.

Ihr Vater war Lehrer. Jeden Morgen, wenn er zur Schule ging, sah er den Bodensee, die wechselnden Blautöne, die Reflexionen des Lichts, die Wolken, die sich vom anderen Ufer her bis zur Mitte hin spiegelten, das Glitzern der Wellen oder bei Sturm die Schaumkronen, die wie weiße Gebisse die Oberfläche durchbrachen und wieder verschwanden. Abends, wenn er in seinem Zimmer Klavier spielte, schienen seine Klänge den Möwen gleich über den See zu gleiten.

Schon sein Onkel hatte den Bodensee geliebt. An Wochenenden fuhr er mit seinem Zweitakter an stets andere Orte und fotografierte den See aus unterschiedlichen Höhen in seinen wechselnden Lichtreflexen. Er liebte die Badehütte, konnte dort Energie für die nächste Woche auftanken. Manchmal, wenn er in den See hinausschwamm, erinnerte er sich an die Geschichte einer alten Frau, die ihm erzählt hatte, sie sei als Mädchen so voller Energie gewesen, dass sie einfach losgeschwommen war, immer weiter hinaus, und als sie sich umgedreht habe, habe sie gesehen, dass es auf beide Seiten gleichweit war. Als sie am anderen Ufer aus dem Wasser gestiegen sei, habe sie am ganzen Körper gezittert wie ein Vögelchen, das aus dem Nest gefallen war.

Manchmal wäre auch er am liebsten hinausgeschwommen, immer weiter hinaus, denn zu Hause gab es Sorgen. Seine Frau, die es allen recht machen wollte, litt an Depressionen. Sie, die einmal die schönste Frau im Dorf gewesen war, durfte nach der Heirat diese Seite nicht mehr leben, ihre Liebe zu schönen Kleidern und eleganten Schuhen. Was würden die Leute denken über die Frau Lehrerin. Ja, was würde man über sie denken, über ihre Familie! Und wenn sie für die Verwandten kochen musste, was für ein Grauen! Das Silberbesteck ihrer Großmutter, das Rezept ihrer Mutter – und sie? Sie begann, Kochwein zu trinken, um wenigstens für Augenblicke dem Gefängnis zu entweichen. Später trank sie Kochwein auch im Alltag, bis sie nicht mehr kochen konnte und ihr Mann sie in die Klinik bringen musste. Dort malte sie, doch es war zu spät, ihre Talente konnten keinen Fuß mehr fassen.

Seine ältere Tochter übernahm von ihrer Mutter, es allen recht machen zu wollen. Nicht nur der Mutter und dem Vater, auch den Nachbarn, der Lehrerin, dem Lehrmeister. Nur nicht die Kontrolle verlieren! Doch mit dieser Richtschnur begann sie, die Kontrolle zu verlieren. Es folgten mehrere Klinikaufenthalte, schließlich wurde das Heim unumgänglich.

Aber seine jüngere Tochter entwickelte sich *normal*. Manchmal hätte sie sich gewünscht, sie wäre weniger normal gewesen. Dann hätte sie mehr Aufmerksamkeit bekommen. Als sie ihre Normalität mit eigenen Farbtupfern und Fähigkeiten auszustatten und gegenüber andern zu behaupten begann, da lernte ich sie kennen.

Ich lernte sie kennen und lieben. Wir radelten oft den Bodensee entlang.

„Riechst du ihn?", fragte sie mich und ich begann, Schilf zu riechen, Seegras und sonnenwarme Steine. Zwischendurch hielten wir an und nahmen ein Bad. Wir wateten an untiefen Stellen weit in den See hinaus.

„Spürst du ihn?", fragte sie mich. „Ein seidener Faden, der erst die Füße, dann die Beine, den Bauch, die Oberarme umfasst und von dem aus kühle Seide den Unterleib umhüllt. Nirgends ist das Wasser so weich wie im Bodensee", sagte sie und lachte.

Wir übernachteten im *Wilden Mann* und schauten über den Bodensee, während wir uns liebten.

Es gab Zeiten, da wusste ich nicht, wohin mit meiner Energie. Ich rannte auf die Hügel in der Umgebung unseres Wohnorts und sah Wolken, die in einer optischen Täuschung Stufen bildeten hinab zum Bodensee.

Ich sah sie in ihm wie in einer Badewanne und sie rief mir zu: „Komm, komm zu mir!“

Ich rannte den Hügel hinab und klopfte an ihre Türe.

Es folgten Jahre des Zweifelns, des an sich Reibens, des neu sich Findens. Jahre der Kinder. Jahre der Arbeit, des Alltags, der Annahme des andern, wie sie oder er ist. Kurz nach der Pensionierung ihres Vaters starb ihre Mutter. Sie fühlte sich unwohl und suchte ihren Arzt auf. In der Praxis erlitt sie einen Aortariss und verstarb innerhalb weniger Minuten. Sie schied dort aus ihrem Leben, wo sie sich am sichersten fühlte: in der Nähe eines Arztes.

Ihr Vater fand sich alleine zu Hause nicht mehr zurecht. Er brachte nicht mehr die Kraft auf, in die Badehütte zu gehen. Die Einweisung in eine Klinik wurde unumgänglich. Sie diagnostizierten Altersdepression. Neben ihm wohnte ein Mann, der an derselben Krankheit litt. Eines Tages war sein Zimmer leer. Er hatte sich vor den Zug werfen wollen, doch zwei Stufen, bevor er das Gleis erreichte, stürzte er und musste in das Spital eingeliefert werden.

Nach dem Klinikaufenthalt folgte der Eintritt in ein Pflegeheim. Als er nicht mehr gehen konnte, führten wir ihn im Rollstuhl spazieren. Er streckte seine Hand aus und zeigte auf den Bodensee. Wir blieben stehen. „Dort“, sagte er, „dort, mitten im Bodensee möchte ich als Geschenk Gottes versinken.“

Es war in jener Zeit, als bei uns kurz vor Mittag das Telefon läutete: die Leiterin des Heimes, in dem ihre ältere Schwester lebte. Sie habe sich aus dem Fenster ihres Zimmers im vierten Stock gestürzt, auf das Kopfsteinpflaster des Innenhofs. Kaum hatten wir das Telefon aufgehängt, da hörten wir die Sirene des Krankenwagens.

Ein Jahr nach dem Tod ihres Vaters nahm sie ihre erste Klavierstunde. Sie wolle nicht die Technik erlernen, sagte sie, sondern die Klänge ertasten, sie fließen lassen, mit Kürzen und Längen spielen, den Rhythmus erspüren. Klänge ihrer Kindheit.

In der Nacht träumte sie:
Ich gehe mit meinem Vater dem Bodensee entlang. Hohe Wellen schwappen über das Ufer, Wasserzungen fließen über den Weg,

Gischtblasen platzen auf den Steinchen. Es rauscht mächtig vom See her und in den Platanen, aber ich habe keine Angst. Mein Vater ist so jung wie vor seiner Pensionierung und auch ich bin jünger als jetzt. Wir sind beide sehr elegant angezogen, ich in einem hellen, lichten Kleid. Die Leute auf der Promenade schauen anerkennend auf uns, staunen leise.

Bernhard Brack, *Geschichtensammler und TrouvAmour. „Schräg fällt das Licht, Gedichte" (2015), „Liebe, Lust und lange Zeit, Gedichte" (2021), „Krieg, Krankheit und Vergebung, erzählte Geschichte" (2022).*

Wie die Gnome von Wasserburg

nach Bierkeller kamen

Vor langer Zeit lebten in dem kleinen Ort Wasserburg am Bodensee Gnome und Elfen. Das Leben war für sie heiter und fröhlich, denn sie lebten in ihrer kleinen, abgeschiedenen Welt und gingen dem Müßiggang nach.

Dazu muss man vielleicht wissen, dass bis Anfang des 18. Jahrhunderts Wasserburg eine kleine, feine Insel im Bodensee war, die nur per Boot oder schwimmend erreicht werden konnte. Und da im Mittelalter und auch in den Jahrhunderten danach kaum jemand aus der einfachen Bevölkerung schwimmen konnte – und sich die reichen Leute dafür viel zu vornehm waren – blieben Gnome und Elfen meist unter sich. Es gab zwar auf der kleinen Insel auch eine Festung, die einst von Menschenhand erbaut worden war, doch die war die meiste Zeit des Jahres über verwaist und wurde schließlich im 14. Jahrhundert fast gänzlich bei einem Feuer in Schutt und Asche gelegt. Seitdem verirrte sich nur manchmal noch ein liebestoller Jüngling mit seiner jungfräulichen Eroberung auf die Insel, aber das störte die Gnome und Elfen nicht.

Die hatten übrigens ein klares Abkommen miteinander geschlossen, um Streitigkeiten zu vermeiden: Die Elfen herrschten auf der kleinen Insel über alles, was man im weitesten Sinn der Natur zuordnen konnte, und die Gnome über alles andere. Viele Jahre lang gab es weder Streit noch Missgunst zwischen ihnen und die Insel Mitten, wie Wasserburg damals noch genannt wurde, war ihnen allen ein gutes Zuhause. Im Jahr 1720 Jahr aber änderte sich plötzlich alles. Damals gab es ein großes Kaufmannsgeschlecht, das seinen Einfluss überall geltend machen wollte. Man nannte diese Leute Fugger – und sie waren es, die dem Idyll auf der Insel Wasserburg ein Ende bereiteten.

Wie sie das schafften?

Ganz einfach: Sie ließen einen Damm aufschütten und verbanden so die Insel Wasserburg, die fortan keine Insel mehr war, mit dem

Festland. Wasserburg war zur Halbinsel geworden – so wie man den Ort noch heute kennt. Fortan konnten alle Leute den geheimnisvollen Ort erkunden, um den sich natürlich auch die ein oder andere Legende rankte, die sich die Menschen am Festland schon seit Jahrhunderten erzählten. Plötzlich war ein wahres Gewimmel und Getümmel auf der kleinen Insel.

Während sich die Gnome zunächst wenig daraus machten, denn sie verschliefen meist den Tag und werkelten erst in der Nacht, wenn auf der Halbinsel Ruhe eingekehrt war, so hatten die Elfen mit der Unruhe doch sehr zu kämpfen. Nicht lange und sie beschlossen, sich einen neuen Ort für ihre Behausungen zu suchen.

Noch unberührt war damals die Insel Mainau, die – von Wasserburg aus gesehen – in südlicher Richtung lag. Zwar fiel den Elfen der Abschied aus ihrer geliebten Heimat schwer, aber sie wollten den Menschen gegenüber keine Zugeständnisse machen.

So blieben die Gnome schließlich alleine in Wasserburg zurück. Sie waren von Natur aus sowieso eher träge und lagen tagsüber meist an einem verborgenen Ort schlafend und sich ausruhend, sodass sie der Trubel um sie herum wenig störte.

Dann aber zogen Mönche auf die Insel, die tagsüber fromm beteten, dafür aber nachts die Becher hochhielten, das ein oder andere Bierchen tranken und mehr als einmal die Nacht zum Tage machten. Als der erste zechtrunkene Mönch auf seinem Weg ins Bett eines Nachts einen der Gnome bei der Arbeit erwischte, hielt er das Ganze zunächst noch für eine Ausgeburt seiner Fantasie, denn immerhin hatte er an diesem Abend mit seinen Mitbrüdern ordentlich gebechert. Am nächsten Morgen hatte er die Angelegenheit auch gleich wieder vergessen, denn nun galt es erst einmal, den ausgeprägten Kater zu pflegen.

Die Gnome aber waren gewarnt. Poldus, der älteste Gnom, sprachen zu den anderen: „Seid auf der Hut, meine lieben Freunde. Wir haben hier ein gutes Leben, müssen aber nun sehr vorsichtig sein. Wie ich hörte, glauben die gottesfürchtigen Männer, die sich seit kurzer Zeit unserer Insel bemächtigt haben, nicht an Wesen wie uns. Ich glaube, sie halten alles, was nicht Mensch oder Tier ist, für eine Ausgeburt des Teufels. Uns wahrscheinlich auch ...“

Mit der Zeit kamen immer mehr Mönche auf die kleine Halbinsel – und damit kam es in durchzechten Nächten, denn es gab je kaum einen Abend, an dem die Gottesmänner nicht dem leckeren Hopfengetränk zusprachen, immer häufiger zu Zwischenfällen zwischen den alten Bewohnern, den Gnomen, und den neuen Bewohnern, den Mönchen.

Nun würde man von reiner Dummheit reden, wenn die Mönche alle diese Begegnungen einzig und allein in das Reich der Fantasie verbannt hätten. Und dumm waren die Mönche nun wirklich nicht. Und so geschah es eines Tages, dass der oberste Mönch den Befehl ausgab, eines dieser kleinen Männchen, die sie Nacht für Nacht sahen, zu fangen und zu ihm zu bringen.

Schon drei Nächte später war es so weit. Ausgerechnet Poldus, der älteste Gnom, ging einem der Mönche in die Falle. Dazu muss man wissen, dass auch die Gnome, seit die Mönche auf der Insel waren, das ein oder andere Mal an dem Getränk der heiligen Männer, das sie bis dato nicht kannten, genippt hatten, denn es blieben nach einem Zechgelage meist ordentliche Rest des Biers in den Humpen der Mönche übrig. Mit durchschlagender Wirkung, denn natürlich erlagen auch die Gnome dem Rausch des Alkohols. So war es in dieser Nacht tatsächlich der sonst so vernünftige Anführer der Gnome, der zu tief ins Glas geschaut hatte und so zur leichten Beute für den geistigen Häscher wurde.

Poldus wurde nach seiner Gefangennahme dem Obermönch vorgeführt, doch so recht wusste keiner von beiden, wie er auf den jeweils anderen reagieren sollte. Zunächst hatte der Mönch erwogen, Poldus und seine Mannen einsperren zu lassen, um diese merkwürdigen Gestalten bei Wasser und Brot aushungern und gefügig zu machen, doch nun, als sich beide Auge in Auge gegenüberstanden, das heißt, der Mönch saß und Poldus stand, da kam ihm etwas anderes in den Sinn.

„Sprichst du meine Sprache?", fragte der Mönch Poldus.

Der zögerte nicht lange mit der Antwort. „Natürlich, mein Herr. Wir verstehen euch Menschen und sprechen eure Sprache."

„Nun, dann möchte ich wissen, was ihr für Wesen seid und ob euch der Teufel geschickt hat", fragte der Mönch geradeheraus.

Poldus gab bereitwillig Auskunft, und weil er sich so gut artikulieren konnte, glaubte ihm der Kirchenmann. Allerdings hatte er dabei auch gleich einen Hintergedanken, denn längst war es ihm und seinen Mitbrüdern viel zu mühselig, das Bier, das sie jeden Abend in rauen Mengen zu sich nahmen, teuer einzukaufen. Aber zum Brauen eigenen Biers hatten die Herren auch keine rechte Lust. Seine Männer hatten ihm allerdings schon im Vorfeld berichtet, dass diese kleinen Wesen allerlei Arbeit recht geschickt verrichten konnten.

Und so kam ihm nun, da er Poldus vor sich stehen hatte, eine Idee. Er sprach: „Ich könnte dich und deine ... ähm ... was auch immer ihr seid ... ähm ... sofort vernichten." Er machte eine kurze, aber bedeutende Pause. Poldus wurde unterdessen kreidebleich, denn er befürchtete schon das Schlimmste, da aber unterbreitete ihm der Mönch einen Vorschlag. „Das wäre aber vielleicht dumm von mir, denn tot nützt ihr uns nichts. Da ihr aber, so wie ich aus deinem Munde rieche, dem Bier ebenso zugetan seid wie wir, bitte ich dich und deine ... ähm ... Mitstreiter, das Bierbrauen für uns zu übernehmen. Das ist für beide Seiten eine gute Sache. Ihr bleibt am Leben und wir können Bier trinken, so viel wir wollen, ohne dafür bezahlen zu müssen. Na, was sagst du dazu?"

Poldus war ein schlauer Gnom, deshalb musste er nicht lange überlegen. Gegen die stattlichen und körperlich überlegenen Mönche hätten die Gnome absolut keine Chance, sollte es im Fall des Falles zu einem Kampf zwischen ihnen kommen, das wusste er genau. Und da er sich zum Sterben auch noch viel zu jung fühlte, antwortete er gewitzt. „Das tun wir gerne, wenn es jemanden gibt, der uns im Bierbrauen unterrichtet. Aber ..." Poldus dachte kurz nach. „... aber ich habe eine Bedingung." Er sah zu dem Mönch auf.

„Und die wäre?", fragte dieser sogleich.

„Ich möchte für mich und meinesgleichen einen Ort haben, an dem wir in Zukunft in Ruhe und Frieden leben können. Seit man unsere Insel hier quasi vernichtet hat, ist es mit unserem geruhsamen Leben vorbei. Gebt uns also einen Ort, an dem wir frei von all dieser Hektik leben können, und wir brauen euch so viel Bier, wie ihr nur trinken könnt!"

„Das nenne ich eine gute Sache", gab der Mönch zurück. „Auch uns wäre es lieber, wenn wir mit ... ähm euch ... euch Wesen nicht ganz so nahe beieinander leben müssten."

Dann berichtete er, dass die Kirche in der ganzen Region über zahlreiche, auch unbewohnte Ländereien verfügen würde, unter denen sich sicherlich eine neue Heimat für die Gnome finden würde. Und je mehr der Mönch darüber nachdachte, desto besser fand er die Idee und hatte auch gleich einen konkreten Vorschlag zu unterbreiten. „In der Nähe von Langenargen, etwas außerhalb, gibt es ein altes, großes Gehöft, das seit Jahrzehnten leer steht. Sicherlich, man muss das ein oder andere reparieren und neu richten, aber das wäre ein gutes Zuhause für euch. Und unserem Bischof, der dem natürlich zustimmen muss, weil er das Land verwaltet, sagen wir ganz einfach, dass ein paar von uns dort eine Brauerei und einen Bierkeller errichten wollen, was letztendlich der Kirche auch noch Geld einbringen würde." Er freute sich so sehr, dass er dem Gnom die Hand darauf gab, alles so in die Wege zu leiten, wie er es ihm soeben zugesagt hatte.

Schon bald zogen die Gnome tatsächlich in ihr neues Heim und brauten das Bier der Mönche, wobei sie so schlau waren, das ein oder andere natürlich auch für sich abzuzweigen.

Ob es die Brauerei der Gnome und die Gnome heute noch an dieser Stelle gibt, ist leider nicht überliefert. Aber den Bierkeller, den gibt es nahe dem Ort Langenargen noch immer …

Nanja Holland ist ein Kind der Sechzigerjahre und arbeitet als freie Journalistin. Sie entdeckte den „Bierkeller" vor vielen Jahren bei einer Radtour am Bodensee. Ob ihr damals auch die Gnome begegneten, bleibt allerdings ihr Geheimnis …

See-Hierarchien

Versteck dich!" Mit leiser, lispelnder Stimme schwamm Konfuzius am Rande des Hafenbeckens und schimpfte mit seinem Bruder. „Fizio, komm endlich! Das verstößt gegen das oberste Gesetz."

Mit einem Murren ließ Fizio sich neben ihn ins Wasser gleiten, tauchte unter, um sofort wieder mit einem kecken Grinsen neben dem Grünhäutigen aufzutauchen. „Die achten doch eh nicht auf mich, du Spielverderber!" Er nickte in Richtung der Touristen, die nichts ahnend im Hafen standen und ihre Kameras auf die Statue gerichtet hatten, die hoch über dem blau glitzernden See thronte. „Was finden sie denn an der?", beschwerte sich Fizio und warf der Statue einen vernichtenden Blick zu.

„Lass sie", beschwichtigte Konfuzius ihn. „Du provozierst sie nur."

Tatsächlich konnte die imposante Lady sehr reizbar sein, doch zu Fizios Glück war sie an diesem Sommertag zu sehr damit beschäftigt, regungslos und erhaben über den See zu blicken. Ein Grund für ihn, sein Glück etwas auszureizen! Mit einem Sprung saß er wieder auf der Kante des Hafenbeckens.

„Komm wieder runter, denk an die Regeln!", ertönte erneut die Ermahnung seines Bruders.

„Regeln, pah!" Fizio gähnte demonstrativ und rekelte sich gemütlich in der Sonne. „Regeln! Und wer hat die gemacht?" Mit einem abfälligen Blick bedachte er die Frau, die über ihren Köpfen in die Höhe ragte.

„Das ist jetzt kein geeigneter Zeitpunkt, um die Imperia zu boykottieren. Sie ist nun mal Herrscherin und Wächterin über unseren Seeteil und das bedeutet, dass wir ihre Regeln befolgen müssen!", wies Konfuzius ihn zurecht und schwamm an der Hafenkante auf und ab.

Fizio wollte gerade etwas erwidern, als ein kleiner, weißgelockter Hund angerannt kam und ihn freudig anbellte. Vor Schreck fuhr er zusammen und landete mit einem kleinen Platsch im Wasser neben seinem Bruder. „Blöder Köter“, grummelte er und antwortete auf den *das-hast-du-jetzt-davon*-Blick von Konfuzius nur mit einem ärgerlichen Schnauben.

Jetzt, im Sommer, war es meist so voll im Hafen, dass es kaum möglich war, das Becken zu verlassen. Das trug dazu bei, dass, sehr zu Konfuzius Leidwesen, Fizios Laune immer weiter in den Keller sank.

„Die achten eh nicht auf uns, die haben nur Augen für sie!“, wetterte Fizio, was seinem Bruder ein resigniertes Seufzen entlockte. „Früher, als noch die Bodmans über dem See lebten, da war alles besser. Da haben wir noch über den See geherrscht.“ So ging es in einer Tour.

„Damals waren wir noch nicht einmal geboren“, wandte Konfuzius augenrollend ein, doch Fizio schien ihn gar nicht zu hören.

„Damals haben die Seewesen den See geschützt und regiert. Und jetzt, jetzt geht alles den Bach runter!“

Konfuzius konnte sich ein Lachen nicht verkneifen. Immer wieder die gleiche Leier. Jetzt würde die Stelle kommen, wo …

„Wir müssen um unsere rechtmäßige Stelle in der See-Hierarchie kämpfen!“, verkündete Fizio und sprang noch einmal auf die Hafenkante, wo er ein kleines, schwarzhaariges Mädchen nass spritzte. Erschreckt sprang es einen Schritt zurück, der Schreck stand in seinem Gesicht, als Fizio ihm nun zurief: „Hey du, die da oben ist doch blöd, wir sind viel besser. Seewesen an die Macht!“

Erschreckt klammerte sich das Mädchen an die Hand seines Vaters. „Papa, da war ein Otter, der mit mir gesprochen hat!“

Konfuzius brach in schallendes Gelächter aus, während Fizio nur gekränkt: „Otter“, murmelte und den Kopf schüttelte.

„Eines Tages, da werden wir Seewesen wieder über den See herrschen!“, versprach er dann und tauchte schnell unter, bevor ihn die Welle treffen konnte, die vom Steinpodest der Imperia ausging.

***Zora Löw** wurde am Bodensee geboren und ist hier aufgewachsen.*

Landkärtchen der Freundschaft

„Bist du dir sicher, dass wir hier richtig sind?" Claudia drehte sich noch einmal um und musterte das verblasste Straßenschild. „Also, da steht doch, dass wir zum Schmetterlingshaus da lang müssen."

Ihre Freundin Caroline stand neben ihr und zeigte auf ihre selbst ernannte Schatzkarte. „Guck, hier ist das verblasste Straßenschild mit dem Fuchs drauf, dann rechts abbiegen auf die Zitronenstraße und kurz danach müssen wir zur Schwalbenallee."

Claudia schielte Caroline, die sich bereits wieder in Gang setzte, über die Schulter und erhaschte einen Blick auf ihre wundersame Karte. Zu Hause hatten sie freitags immer Stammtisch. Und dabei war es seit über zehn Jahren bester Freundschaft nun einmal Brauch, dass jede der vier Freundinnen eine Geschichte erzählte. Frei erfunden, versteht sich. Für Laura war es eine Art Gutenachtgeschichte, die sie sich für ihre beiden Kinder ausdachte. Für Julia war es eine lustige Abwechslung zu ihrem langweiligen Bürojob und für Claudia war es ein Abend, der sich nur überleben ließ mit reichlich Alkohol und einer extra großen Portion Bratkartoffeln mit Speck und Spiegelei. Das alles wurde zu einer Tradition unter Freundinnen – bis zu dem Abend, an dem Caroline eine bemalte Landkarte mitbrachte und diese als Requisite für ihre Geschichte missbrauchte.

Nachdem Caroline irgendetwas über Schmetterlinge, bunte Farben, lustige Straßennamen und dann noch mehr über Schmetterlinge, die reden konnten, faselte, verabschiedeten sich Laura und Julia, schoben das lang ersehnte Wochenende und die Kinder vor und waren verschwunden. Claudia, die sich etwas angeheitert fühlte, nickte nur noch Caroline zu. Egal, was sie sagte, sie nickte einfach in der Hoffnung, sie würde irgendwann die Klappe halten.

Und so fand sie sich wenig später in ihrem dreitägigen Urlaub auf der Blumeninsel Mainau wieder, dem sie nickend zugestimmt hatte. „Also, deine Großmutter in allen Ehren, aber das ist doch nur ein Märchen, das sie sich für dich ausgedacht hat. So wie Laura das mit ihren Kindern macht. Wer weiß, vielleicht hatte deine Oma ja auch nur einen Frauen-Stammtisch.“

Caroline blieb abrupt stehen und schien scheinbar Claudia vollends zu ignorieren. Sie nahm ihre Lupe vom Schlüsselbund, hielt sie gespannt über einen Schmetterling ihrer Karte und las die Aufschrift.

„Aha, und wie erklärst du dir dann das?“ Sie hielt Claudia die Karte vor die Nase und stemmte grinsend die Hände in die Hüften.

Claudia blinzelte ebenfalls durch die Lupe und schaute Caroline verblüfft an. Auf der Karte ihrer Oma stand in kleinster Schnörkelschrift geschrieben: *Eingang zur Schmetterlingswelt.* „Ja, Mensch, dass es so was gibt. Wir stehen vor dem Schmetterlingshaus und es gibt laut deiner Karte sogar einen Eingang. Das ist ja der Wahnsinn.“ Claudia ging lachend und kopfschüttelnd an Caroline vorbei und steuerte auf den Eingang zu.

„Halt! Was machst du denn? Du hast die Karte ja überhaupt nicht verstanden.“ Grimmig und wutschnaubend ging Caroline an Claudia vorbei und rief ihr zu: „Überleg mal, dass wir aus dem höchsten Norden kommen, aus dem Land der Teetrinker, und Oma war Ur-Ostfriesin. Und von wem ist die Karte? Was glaubst du eigentlich, wie man etwas richtig genießt.“ Sie starrte Claudia an und wartete ab.

Als sie nur ein Achselzucken als Antwort bekam, erklärte sie: „Wir müssen durch den Ausgang. Das ist wie beim Teetrinken. Wenn du Tee genießen willst, dann gehst du nicht mit der Zeit, sondern hältst sie an. Du gießt doch auch die Sahne gegen den Uhrzeigersinn, also müssen wir auch andersherum laufen.“

Claudia verstand nur Bahnhof, folgte aber gehorchend ihrer besten Freundin. Solange Caroline in ihrem Element des Suchens und in dem Glauben war, irgendwelche redenden Schmetterlinge zu finden, konnte sie ihren Urlaub bei bestem Wetter mit strahlendem Sonnenschein genießen. Ab und zu ein schickes Bäumchen, dann der himmlische Blütenduft und an einem Spätsommertag gab es auch etliche Besucher, die eine ebenso attraktive Augenweide wie die vielen bunten Blumen waren.

Nach zwei Stunden Kartenrätseln und dem Pfadfinder ähnelnden Lesen von Tierspuren anhand von Kindergekritzel waren sie endlich im subtropischen Klima des Schmetterlingshauses angekommen. Claudia ließ sich auf die erstbeste Bank neben dem Ausgang fallen und bereitete ihren Lunch vor. Sie holte ihr mit Spiegelei belegtes Brötchen heraus, biss hinein und schaute kauend Caroline zu, die sich wie wild im Kreis drehte, als wäre die Karte in ihren Händen ein Kompass.

„Also weißt du“, begann Claudia, „was ich wirklich nicht verstehe … Wenn deine Oma Ostfriesin war und Teetrinkerin und Schmetterlinge liebte, was hat das alles mit diesem Ort hier zu tun?“

Caroline dachte einen Moment darüber nach. „Oma sagte immer, die Blumeninsel ist so voller Leben, voller Magie. Ihre beste Freundin kam aus Konstanz und zog nach dem Studium wieder hier runter, Oma besuchte sie und sie kamen jeden Sommer hierher. Die beiden waren unzertrennlich, und als ihre beste Freundin starb, malte Oma die Karte, gab sie mir und sagte: Wenn du jemals eine beste Freundin hast, der du vertraust, die Geschichten mag und an Märchen glaubt, dann bring sie mit zu diesem Ort und ihr werdet für immer genauso verbunden sein.“

Diese Worte rührten Claudia, und als sie in ihr Brötchen beißen wollte, sah sie, wie sich ihr Salatblatt immer weiter hervorschob. Sie begann zu schielen und rieb sich die Augen. Aber ihr Salatblatt war kein Salatblatt mehr, sondern ein schöner, schillernder Schmetterling, der sie vorwurfsvoll ansah.

„Ey, du blöde Kuh. Hast mich wohl zum Fressen gern? Ich sag dir mal was, wenn du mir auch nur ein einziges Haar gekrümmt hättest, dann …“ Claudia blickte auf ihr Brötchen, hielt es dicht ans Ohr, schüttelte es und sah dem Spiegelei hinterher, das nun auf dem Boden landete. Weder Salatblatt noch Tomatenscheibe waren zu finden. Und sie war sich sicher, dass sie beides belegt hatte. Aber stattdessen gab es nun zwei Brötchenhälften, ein Spiegelei und zwei Schmetterlinge, die sich rechts und links auf ihren Schultern befanden. Als sie sah, dass Caroline nicht mehr auf ihre Karte, sondern auf den Belag des Fußbodens starrte, wusste Claudia, dass nur sie die Schmetterlinge sprechen hörte.

Sie schrie ihrer besten Freundin das entgegen, was ihr der rote Schmetterling geflüstert hatte: „Ich habe Bekanntschaft mit einem Kleinen Fuchs gemacht. Sein Name ist Anna. Ach ja, heute Abend steigt eine fette Sause. Und bevor du jetzt fragst, woher ich das weiß, das hat mir Lena, mein ehemaliges Salatblatt und nun der grüne Schmetterling neben dir, geflüstert.“

Caroline drehte sich zur Seite, fand den Schmetterling tatsächlich neben sich und fragte nur, wo denn diese Party stattfinden würde und was in ihrer Trinkflasche sei.

„Ach, weißt du, den Weg zeigt uns dein Landkärtchen, denn den Schatz hältst du ja bereits in den Händen. So langsam fange ich an, deine Oma zu verstehen. Denn die Geschichte glaubt uns keiner."

Mit einem Mal verwandelte sich ihre Karte in einen schimmernden, schwarz-weißen Schmetterling. Caroline musterte das Tier in ihren Händen.

„Das ist kein Landkärtchen. Denn die sind rotbraun."

Claudia schmunzelte, ging zu ihrer besten Freundin, zwinkerte Anna und Lena zu und sagte nur: „Ja, das nennt man Frühjahr- und Sommeredition – unterschiedlich und doch eins. Genauso wie Anna und Lena, beide ungleich und doch ergänzen sie sich. Genau wie deine Oma und ihre beste Freundin – beide woanders und doch immer verbunden über die Schmetterlinge, die Magie und diese Geschichte hier. Eben unzertrennlich. Wie du und ich.“

Ann-Kathleen Lyssy, *1993 in Helmstedt geboren, arbeitet sie nach ihrem Studium der Landschaftsarchitektur als Gartenplanerin. Neben der Malerei ist das Reisen eine große Leidenschaft, die sie schon zu allerlei Geschichten inspiriert hat. Seit 2021 studiert sie Literatur als Fernstudiengang.*

Nessie

Da ist doch etwas oder jemand! Oder etwa doch nichts und niemand? Jedenfalls gibt es hie und da Menschen, die sich viel zu groß und die aus einer Mücke gleich einen Elefanten machen. Solche Menschen gibt es auch in der Bodenseeregion. Hiervon hörte übrigens auch Nessie, das Seeungeheuer von Loch Ness aus Schottland. Daher begab es sich eines Tages auf Weltreise und machte sich umgehend auf zum Bodensee im Bereich des Dreiländerecks Deutschland-Österreich-Schweiz.

Durch die dicken Nebelschwaden der tiefdunklen Nacht hindurch schwimmt Nessie durch die Welt. Nessie schwimmt ganz gemächlich durch die sehr trübe Suppe unterm Himmelszelt und taucht dann urplötzlich irgendwo auf – zum Beispiel am Bodensee.

Vielleicht kommt deswegen auch in der heutigen, sehr nebligen, stockdunklen und recht kühlen Nacht – frühestens jedoch ab abends um acht – das Seeungeheuer von Loch Ness hier in der Bodenseeregion mal kurz vorbei. Urplötzlich taucht es aus einer sehr dicken Nebelschwade heraus auf und plumpst plötzlich mitten in den Bodensee hinein!

Mit einem einzigen unheimlichen, entsetzlich lauten Aufschrei durchbricht Nessie dabei die Stille der Nacht. Das Wasser des Bodensees spritzt etliche Meter hoch – bis fast in den Himmel. Nessie taucht zunächst bis auf den Grund des Bodensees ab.

Nachdem sich das sehr stark aufgewirbelte Wasser im See wieder beruhigt hat, taucht Nessie erneut an der Wasseroberfläche auf. Nessie schwimmt nun erst mal einige Runden in dem riesengroßen Bodensee ganz ruhig und nahezu unmerklich wie anscheinend auch unbemerkt hin und her. Ganz gemächlich schwimmt das Seeungeheuer hin und her und schaut sich alles erst sehr sorgfältig in aller Ruhe an. Dann hat Nessie aber das Bedürfnis nach ein bisschen Action und beginnt, das Wasser wieder unruhig zu machen und aufzuwirbeln.

Für einige Zeit planscht Nessie nun äußerst vergnügt und sehr freudig, voller Spaß wie ein verspieltes Kleinkind genüsslich im wunderschönen Bodensee, an dem es sehr großen Wohlgefallen gefunden zu haben scheint. Es scheint sich in diesem Planschbecken sehr wohlzufühlen und vor Freude fast seinen Verstand zu verlieren.

Nach einiger Zeit des ausgiebigen Austobens im Wasser fängt Nessie sich jedoch wieder, wird ruhiger und besinnt sich. Für kurze Zeit verharrt das Seeungeheuer nun ganz still im Wasser. Es wirkt auf einmal sehr ernst und nachdenklich und blickt außergewöhnlich streng drein. Seine vorherige fröhliche Stimmung ist im Nu verflogen. Das Seeungeheuer scheint etwas auszubrüten, irgendetwas zu planen. Dann kommt Nessie, eigentlich sehr glückliches Wassertier, jedoch plötzlich auf eine ganz andere Idee, die gar nichts mehr mit Wasser zu tun hat. Schließlich ist es ja nicht ohne Grund an den Bodensee gekommen. Denn es gibt einen sehr triftigen, leider nicht allzu schönen Grund, warum Nessie eigentlich hier ist …

Auf einmal geht Nessie, das Seeungeheuer, ganz unvermittelt an Land und macht einen kleinen Landspaziergang. Dabei bebt die Erde ein bisschen. Plötzlich rumpelt es in den Häusern um den Bodensee herum ziemlich stark. Etliche Menschen kreischen entsetzlich vor Angst.

Denn Ungeheuerliches geschieht! Nessie mutiert zu einem äußerst unheimlich anmutenden Monster. Das Seeungeheuer benimmt sich auf einmal wie eine wild gewordene Furie, wie eine anscheinend ganz außer Kontrolle geratene Bestie. Es schlägt einfach zu und beginnt doch plötzlich, einige Menschen aufzufressen! Das Seeungeheuer scheint Hunger bekommen zu haben und verspeist diese Menschen sogar noch mit Genuss. Denn es sind böse Menschen, die es verdient haben, ausgetilgt zu werden. Es frisst all die sehr überheblichen und bösen Leute auf, damit wieder eine gesunde Normalität in den Alltag der Menschenwelt einkehren kann. Nessie bereitet so bei seiner kleinen Stippvisite allen Großmäulern und Übertreibungen sowie allen Unartigkeiten jedweder Art ein jähes Ende!

In den frühen Morgenstunden ist die Welt dann wieder bereinigt. Und die guten Menschen sind wieder glücklich miteinander vereint. Sie starten in den neuen Tag, in ein neues Leben, in eine neue Welt von allen Sünden und Sündern gereinigt.

Und Nessie?

Nessie ist schon längst wieder weitergezogen. Keiner weiß, wohin. Niemand weiß, an welchem Ort als nächstem dieses äußerst gefürchtete und gefräßige Seeungeheuer als Überraschungsgast plötzlich zu Besuch erscheinen wird. Daher leben alle Menschen, zumindest die bösen Menschen, in sehr großer Angst vor ihm!

Seit dieser einen Nacht jedenfalls, als Nessie zur riesengroßen Überraschung aller plötzlich ohne Voranmeldung am Bodensee zu Gast war, wagt es sich niemand mehr, zu übertreiben oder seinen Mitmenschen irgendwelche Anmaßungen zu machen. Seitdem leben alle Leute, die Erwachsenen wie die Kinder, in friedvoller Eintracht miteinander – äußerst brav und anständig und sehr bedächtig. Denn es graut ihnen allen sehr davor, dass Nessie ihnen wieder urplötzlich ohne Vorwarnung einen kurzen, sehr deftigen, heftigen und unvergesslichen Besuch am Bodensee abstatten könnte ...

Schließlich hat Nessie zumeist einen sehr guten Appetit: nämlich den richtigen Geschmackssinn und fürchterlich großen Hunger ...

Es ist oftmals nur ein sehr kurzer Besuch Nessies, eines des am meisten gefürchteten Seeungeheuers der Welt. Doch es ist ein Be-

such mit nachhaltiger, lang anhaltender Wirkung, um unartige Leute – Erwachsene wie Kinder – eiskalt abzuwatschen und rigoros zu maßregeln.

Denn Nessie hat es sich zur Lebensaufgabe gemacht, die Welt der Menschen zu verbessern. Das Seeungeheuer will unbedingt aufräumen in der Menschenwelt, in der es auf moralischer Ebene nicht allzu gut zugeht. Hierzu reist Nessie vorzugsweise immer wieder in stockdunklen, sehr nebligen und kühlen Nächten durch die Welt der Menschen, um für Ordnung zu sorgen, um Schande zu beseitigen und so das Gute zu retten und zu fördern. Nessie ist zwar ein sehr unheimliches und äußerst furchterregendes Seeungeheuer, doch es meint es immer gut mit den guten Menschen und rettet sie vor ihren bösen Genossen.

Drum achtet und huldigt Nessie, den Weltenverbesserer, den Weltenretter! Und vor allem: Seid brav und anständig! Damit Nessie erst gar nicht vorbeikommen muss …

Am besten ist es also, wenn man Nessie erst gar nicht zu sehen bekommt! Dann ist die Welt der Menschen in Ordnung, dann leben die Menschen friedlich und anständig miteinander zusammen. Und sie sitzen an grauen, sehr trüben und recht kühlen Novembertagen abends gemütlich miteinander zusammen, trinken einen warmen Punsch und erzählen einander die Sage von Nessie – als Nessie einmal vor einigen Hundert Jahren überraschend in einer sehr gespenstigen Novembernacht am Bodensee zu Gast war und für grauenvolles Entsetzen sorgte …

Juliane Barth, Jahrgang 1982, lebt im Südwesten Deutschlands. Sie schreibt als Hobby seit jeher sehr gerne, u. a. Gedichte, Kurzgeschichten und Sachtexte. Veröffentlichungen in diversen Anthologien: https://sacrydecs.hpage.com.

Papa lässt die Puppen tanzen

Als es am Morgen des vierten Tages immer noch regnete, kam Papa auf eine Idee. „Ich habe einen Vorschlag für heute", sagte er am Frühstückstisch und sah seine Kinder an, die missgelaunt an ihren Hörnchen knabberten. Seit vier Tagen saßen sie nun in diesem Haus am Bodensee, weit weg von zu Hause, ihren Freunden und dem Fernseher, und der Regen vermieste ihnen die Ferien. So hatten sich die drei das nicht vorgestellt!

„Sag bloß, wir fahren in ein Museum und schauen uns da olle Mumien oder irgendwelche versteinerten Fische an?", maulte Anna.

„Oder wir müssen in so ein Heimatmuseum, wo Bilder der ältesten Einwohner von vor hundert Jahren gezeigt werden. Und dann gehen wir noch zu einer Ausstellung über das Hochwasser von achtzehnhundert-weiß-ich-nicht", setzte Karoline hinzu.

„Nein, nein, das alles nicht", sagte Papa. „Weder das Heimatmuseum noch das Mumienmuseum und auch nicht die Hochwasserausstellung. Nein. Schade, was?", zog er seine Kinder auf. „Wir machen etwas hier im Haus. Wir spielen."

„Spielen?", fragte Paul gedehnt.

Anna guckte skeptisch.

„Ja", sagte Papa, „wir basteln etwas und spielen damit."

„Na, dann lass mal hören", forderte Karoline.

„Wir basteln uns ein Puppentheater", sagte Papa. „Und Puppen. Und mit denen erfinden wir Texte. So wie im Kasperletheater!"

„Hm", sagte Paul wenig überzeugt.

„Richtig begeistert seht ihr nicht aus", bemerkte Papa belustigt. „Also, ich habe es mir so vorgestellt: Ich fahre zum nächsten Schreibwarenladen und kaufe starkes Papier oder Pappe. Außerdem brauchen wir noch Buntstifte und ein paar Holzstangen und, ganz wichtig, einen Klebestift."

„Dann hoffe ich mal, dass du hier einen Schreibwarenladen findest", sagte Paul grinsend.

„Das lass mal meine Sorge sein“, antwortet Papa ebenfalls grinsend, schnappte sich einen Schirm und hastete durch den Regen zum Auto.

Papa fand tatsächlich ein Papiergeschäft und kehrte kurze Zeit später zurück. Nach dem Mittagessen setzten sich alle um den großen Tisch in der Küche. „Jetzt zeichnet jeder eine etwa zwanzig Zentimeter große Figur auf das Papier“, sagte Papa. „Dann malt er sie an und schneidet sie aus.“ Papa nahm sich ein Stück Karton und begann, einen dicken Mann zu zeichnen. Nach kurzem Zögern suchten sich Anna, Paul und Karoline ebenfalls Pappe und Stift und legten los.

Als Papa fertig war, klebte er seinem dicken Mann ein Holzstöckchen auf die Rückseite. „Fertig! Seht her – hier ist meine Kasperletheater-Figur“, sagte er triumphierend und hielt den Dicken am Stock in die Höhe. „Zeigt doch mal: Was habt ihr gebastelt?“

Die Kinder waren in der vergangenen halben Stunde sehr kreativ gewesen. Anna hatte eine böse Frau gemalt und Paul einen fröhlichen Mann in Badehose. Und Karoline schnitt gerade einen Kobold aus.

„Der hat immer nur Streiche im Kopf“, erklärte sie Papa.

„So, wenn wir fertig sind, können wir ja mal sehen, wie wir mit den Figuren ein Theaterstück machen können“, sagte Papa zufrieden.

„Na toll“, sagte Anna, „und wer schaut dann zu? Wenn wir alle spielen, sitzt ja keiner da und guckt?“

„Na, das lass mal meine Sorge sein“, erwiderte Papa ein weiteres Mal.

Alle vier setzten sich hinter dem Tisch auf die Erde und hielten ihre Stockfiguren gerade so hoch, dass sie sich auf der Höhe der Tischplatte befanden, aber die Stöckchen nicht zu sehen waren. Damit die Zuschauer später nicht sehen konnten, wer gerade eine Figur bewegte und sprach, zog Papa die Tischdecke auf einer Seite so weit nach unten, bis sie auf die Erde reichte.

„Hallo, böse Frau“, sagte der fröhliche Mann in Badehose mit tiefer Stimme, „was machst du denn hier so allein im Zauberwald?“ Pauls Figur hüpfte an der Tischkante entlang auf Annas böse Frau zu.

„Frag nicht so dumm. Ich suche einen Kobold“, antwortete die böse Frau und glitt vorsichtshalber zwei Zentimeter zurück.

Das war Karolines Stichwort. Da! Plötzlich kam ein Kobold aus der Unterwelt emporgesprungen.

Kurze Zeit später hatten sich Karolines Kobold, Annas böse Frau, Papas Dicker und Pauls Badehosenmann in eine wilde Geschichte verstrickt. Jeder sprach und bewegte nun seine Figur – wie in einem richtigen Kasperletheater. Mal trat eine Figur ab, um dann wenig später an einer anderen Stelle wieder zu erscheinen.

Soll ich euch mal was sagen? Das machte Spaß! Keiner wollte aufhören. Allen vieren wurde heiß vor Aufregung, doch mit der Zeit erlahmten ihre Arme vom Hochhalten der Figuren. Irgendwann sprach Papa seinen Text ganz leierig, sodass alle erkannten: Jetzt ist Schluss. Anna, Karoline und Paul ließen ihre Figuren sinken und krabbelten auf dem Fußboden zu Papa hin. Karoline schlang ihre Arme um seinen Hals.

„Das war eine tolle Idee", sagte Paul.

„Jetzt brauchen wir nur noch Zuschauer!", bemerkte Anna und ihre böse Frau nickte dazu.

Auch die nächsten Tage regnete es. Aber die Kinder störte das nicht mehr.

„In den anderen Häusern rund um unser Haus hier am Bodensee machen doch auch noch andere Kinder Ferien", sagte Papa. „Wie wäre es denn, wenn ihr die zu einer Vorstellung morgen Nachmittag zu uns einladet? Schreibt am besten Einladungen und steckt sie bei den Kindern in den Briefkasten. Mal sehen, wer kommt."

Diesen Vorschlag fanden die Kinder toll. Sofort setzten sie sich hin, beschrieben kleine Karten aus der übrig gebliebenen Pappe und verteilten sie gleich.

Am nächsten Tag – es regnete noch immer – war das Haus gerammelt voll: Alle Kinder und auch ein paar Eltern waren gekommen. Anna, Karoline, Paul und Papa waren unheimlich aufgeregt.

Aber ganz ohne Grund, denn alles klappte bestens: Gebannt verfolgten die Zuschauer die Geschichte im Zauberwald. Sie fürchteten sich mit dem dicken Mann, bejubelten den Kobold, gaben der bösen Frau Ratschläge und lachten über den fröhlichen Mann mit der Badehose. Am Ende brach ein Beifallssturm los. Anna, Karoline, Paul und Papa krochen hinter dem Tisch hervor und freuten sich.

„Danke fürs Zugucken!", rief Anna.

Die Kinder, die bisher nur zugeschaut hatten, stürzten nach vorne und lugten neugierig hinter die Tischdecke.

„Wie sind Sie denn da drauf gekommen?", fragte eine Mutter

schließlich. Papa sagte, dass ihm das so spontan eingefallen sei. „Mir hat es auch großen Spaß gemacht", sagte er und wischte sich einen Tropfen Schweiß von der Stirn. Dann betrachtete er mit einem Lächeln die mittlerweile herumtobenden Kinder, die das Theaterstück selbst noch ein bisschen weiterspielten.

Auch die nächsten Tage regnete es. Aber die Kinder störte das nicht mehr. Bis zum Ende der Ferien trafen sie sich jeden Tag in einem anderen Haus, bastelten immer neue Figuren und dachten sich immer neue Stücke aus.

__Charlie Hagist__ wurde 1947 in Berlin-Steglitz geboren. Nach Grund- und Oberschule absolvierte er eine Ausbildung zum Bankkaufmann. Während seiner Tätigkeit in der Personalabteilung des Hauses bildete er sich zusätzlich zum Personalfachkaufmann (IHK) weiter. Ehrenamtlich war er als Richter am Amtsgericht Berlin-Tiergarten, am Sozialgericht Berlin und danach am Landessozialgericht Berlin tätig. Charlie Hagist ist verheiratet, hat einen Sohn.

Die Bodensee Chroniken:
Die Zodiac-Kriegerin

Vor langer Zeit lebte in Irland ein Hufschmied namens Jack. Am Abend vor Allerheiligen saß der trunksüchtige Jack in seinem Dorf in einer Kneipe. Er leerte einen Bierkrug nach dem anderen. Irgendwann betrat ein seltsam gekleideter älterer Mann die Kneipe. Dass dieser seltsam roch und eine Schar Fliegen um ihn herumkreiste, störte Jack nicht. Der Mann leistete Jack Gesellschaft.

Was Jack nicht wissen konnte! Es handelte sich bei dem alten Mann um den Teufel in Person. Der Teufel war gekommen, um Jack abzuholen. In ihrer Unterhaltung bot der Teufel Jack einen letzten Drink. Im Gegenzug wollte er Jacks Seele haben. Da Jack das Angebot für einen Scherz hielt, ging er darauf ein. Er bekam seinen Krug Bier. Als der Teufel bezahlen sollte, fiel ihm auf, dass er kein Geld hatte. Kurzerhand verwandelte sich der Teufel in eine Münze. Gerissen lenkte Jack den Wirt ab und steckte die Münze selbst ein. Sie landete in seinem Geldbeutel, den er fest verschloss. In dem Beutel befand sich ein silbernes Kreuz. Es hinderte den Teufel daran, sich zurückzuverwandeln. Wohl oder übel musste der Teufel mit Jack verhandeln. Jack ließ den Teufel frei, der ihm versprach, dass er noch zehn Jahre leben könne.

Zehn Jahre später

Der Teufel erschien, um Jack abzuholen. Jack saß gerade beim Abendessen. Um die Abholung herauszuzögern, bat Jack den Teufel um einen letzten Gefallen. Er wünschte sich einen Apfel, den der Teufel pflücken sollte. Warum auch immer dieser dem Wunsch nachkam, sei hinterfragt, doch der Teufel kletterte auf den Apfelbaum in Jacks Garten. Als der Teufel auf dem höchsten Ast saß, holte Jack blitzschnell ein Messer heraus, schlitzte ein Kreuz in die Baumrinde und der Teufel saß auf dem Baum fest. Erneut ausgetrickst, musste der Teufel wieder mit Jack verhandeln. Er versprach, Jacks

Seele bis in alle Ewigkeit ruhen zu lassen. Irgendwann starb Jack und stand vor dem Tor zum Himmel. Die Götter lehnten seine Aufnahme ab, da Jack kein anständiger Mann gewesen war. Er wurde zu den Höllentoren geschickt. Aber auch dort wurde ihm der Einlass verwehrt. Der Teufel musste sich an seinen Pakt halten. So musste Jack eine Ewigkeit in der Dunkelheit wandern. Aus Mitleid gab ihm der Teufel ein glühendes Stück Kohle aus dem Höllenfeuer mit sowie eine Rübenlaterne, die Jack ein wenig Licht auf seiner ewigen Reise spenden sollte.

Moderne Zeit – 20. Jahrhundert, Konstanz, Bodensee

„Das ist der Grund, warum es zu Halloween Kürbislaternen gibt. Habt ihr bereits eine vor eurer Tür aufgestellt?", fragte Frau Wilson, die in der Oberstufe der Paul Winter-Schule unterrichtete.

„Aus dem Alter sind wir raus", meldete sich Kirsten Kadychevitch zu Wort. „Ich würde lieber etwas über den Ursprung von Halloween lernen. Können Sie uns dazu etwas erzählen?"

Frau Wilson lächelte die schwarzhaarige Schülerin an. Manchmal fehlte es Kirsten etwas an Zurücknahme. „Meinetwegen", fuhr Frau Wilson fort. „Dann sollt ihr etwas über den ursprünglich heidnischen Brauch zu Halloween erfahren."

„Heidnisch?", schoss nun Beates Hand in die Höhe. Beate war eine zurückhaltende Schülerin. Sie hatte nicht so viel Wissen wie Kirsten, doch dafür war sie höflich den Lehrern gegenüber und in der Klasse beliebt.

„Wusstest du nicht, dass viele alte Bräuche durch die Kirche umgeformt wurden? Oh Mann." Das war der Grund, warum Kirsten nicht gerade beliebt war. Sie gab ihre besserwisserische Art oft zum Besten.

„Du hast auch Gebiete, auf denen du nicht gut bist", mischte sich nun Lukas ein.

„Mäßigt euren Tonfall! Kirsten, es war nicht gerade nett, wie du auf Beates Unwissenheit reagiert hast. Entschuldige dich."

„Wenn es denn sein muss. ENTSCHULDIGUNG. Können wir nun etwas über den ursprünglichen Brauch erfahren? BITTE?" Die Entschuldigung und die Bitte klangen zwar mehr gereizt als höflich aus Kirstens Munde, doch die Lehrerin entschied sich, ihrem

Wunsch, mehr zu erfahren, nachzukommen: „Ursprünglich stammte Halloween von den Britischen Inseln und wurde im 19. Jahrhundert nach Amerika gebracht. Im Laufe der Zeit kam es dann auch zu uns. Die Ursprünge gingen auf das keltische Fest Samhain zurück. Es wurde am 1. November gefeiert und stellte eine Art Erntedankfest dar. Damals wurden gewaltige Feuer auf Hügeln entfacht, um böse Geister zu vertreiben.“

„Man glaubte doch nicht wirklich an böse Geister?“

„Die Welt tickte damals etwas anders als heute, Kirsten“, lächelte die Lehrerin. „Man war stärker mit der Natur verbunden und glaubte an heidnische Götter, denen man starke Attribute zuordnete. Man glaubte, dass an Halloween die Welt der Götter sichtbar sein würde. Durch die Pforte der Anderswelt würden Geister und andere Gestalten hindurchkommen. Irgendwann formte die Kirche den Brauch um. Anstelle der Tore zur Anderswelt galten in der Halloween-Nacht nun die Pforte der Hölle als offen. Das wärs für heute. Der Unterricht ist beendet.“

Die Klasse verließ den Raum.

Asgard

Weit von Konstanz entfernt beobachtete der Gott Odin von seinem Hochsitz Hlidskiaf im Götterpalast Valaskjaf von Asgard aus das Treiben auf Midgard, der Erde. Er war nicht gerade erfreut über die Veränderungen der Neuzeit, die sich in seinem Brunnen widerspiegelten. Der Klarheitsbrunnen Mimir war die einzige Verbindung zur Erde und diente als eine Art Spiegel. Odin brauchte nur zu benennen, welche Gegend er sehen wollte, und diese zeigte sich ihm daraufhin. Seine zwei Wölfe Ceri und Freki als auch die beiden Raben Hu-

gin und Munin hatten Odin kurz vor seiner Betrachtung des Brunnens Nachrichten von der Erde mitgebracht. Über die Regenbogenbrücke konnten sie ungehindert in das Menschenreich gelangen, um Odin mit Neuigkeiten zu versorgen. Hugin war es, der Odin auf ein außergewöhnliches Menschenkind aufmerksam machte.

„Und dieses Menschenmädchen namens Kirsten ist die Reinkarnation aus der Prophezeiung? Da bist du dir ganz sicher Hugin?", erkundigte sich Odin.

Hugin krächzte bestätigend. Er ließ sich auf der rechten Schulter des alten Gottes nieder. Munin nahm wie üblich die linke Seite ein. Odins Schultern waren breit genug, um Platz für beide Raben zu bieten. Nachdenklich kratzte sich Odin an seinem Bart. „Ich bin nicht gerade begeistert, das Mädchen in die Geheimnisse des Zodiacringes einzuweihen. Kirsten hat zwar viel Wissen, aber ihr Umgang mit älteren Menschen ist sie respektlos."

„Dann wird sie einen wertschätzenden Umgang im Laufe der Mission dazulernen", meldete sich nun eine weibliche Stimme zu Wort. Die Stimme gehörte zu Frigg, die gerade den Thronsaal betrat und sich neben ihren Mann an den Brunnen Mimir stellte. „Du könntest sie aufsuchen und ihr einen deiner magischen Raben als Begleiter mitgeben. Wer wäre besser geeignet, sie zu unterrichten und das Versäumte aufzuholen, als deine eigenen Begleiter? Kann Hugin nicht die Gestalt wechseln?"

Hugin krächzte bestätigend.

„Na, bitte. Du gibst dem Mädchen den magischen Ring mit und Hugin wird ein Auge auf sie haben. Zugegeben hat sie nicht gerade viel Zeit, um das Problem der Menschheit zu lösen, doch unser Rabe und unser Zodiac Lehrmeister Tyr sollten schon imstande sein, sie zu einer Zodiac-Kriegerin auszubilden. Und ehe wir uns versehen, wird sie wissen, wie man die ihr anvertraute Magie im Kampf gegen Loki anwendet."

„Ich bin eigentlich dagegen, die Magie einem Menschen anzuvertrauen."

„Haben wir eine andere Wahl?", fragte Frigg nach einer Weile.

Odin schaute in die bernsteinfarbenen Augen seiner Gemahlin. Diese strahlten noch genauso schön wie am ersten Tag ihrer Begegnung. Odin vertraute diesen Augen. „Meinetwegen", seufzte Odin. „Ich werde mit Sleipnir über unsere Regenbogenbrücke Bifröst nach

Konstanz zu diesem Mädchen reisen. Wir haben nur diesen einen Abend zur Halloweennacht Zeit, um mit dem Mädchen Kontakt aufzunehmen und ihm den Ring zu geben. Mithilfe des Ringes wird Kirsten jederzeit nach Asgard reisen können. Aber ohne Ring sehe ich schwarz. Wehe, wenn sie den Ring verliert. Dann hacke ich ihr ihren Kopf ab." Odin küsste seine Frau liebevoll auf seine Wange, streichelte seine beiden Wölfe zum Abschied und wies Hugin an, ihn zu begleiten.

Der Rabe krächzte aufgeregt. Er freute sich über Ausflüge nach Konstanz. Er konnte nicht genug davon bekommen. Schließlich gab es dort auch jede Menge Knabbereien, die die Menschen einfach so wegwarfen. Und heute war einer der wenigen Tage, an denen die Menschen ihre Knabbereien einfach in Schüsseln füllten und diese vor ihre Haustüren stellten. Für Hugin war Halloween das reinste Paradies.

Der Rabe hüpfte freudig auf die Schüssel mit Süßigkeiten zu, die vor Kirstens Haustür aufgestellt war, während Odin damit beschäftigt war, sein achtbeiniges Pferd Sleipnir samt Anhänger unbemerkt in Kirstens Garten unterzubringen.

Und wie es weitergeht um die Erweckung der Zodiac-Kriegerin, erfahrt ihr in der Fortsetzung.

Vanessa Boecking: *Autorin verschiedener Genres. „Damian, der Zauberer" Fantasy/Märchen. „Osiris, die Supermumie" Fantasy/Manga.*

Leben pur – Sommergefühle

Frühling, Sommer, Herbst und Winter ... wir planen eine kleine Jahreszeiten-Anthologie mit vier Bänden und beginnen mit dem Sommer.

Vor Leben sprühen – wann fällt einem das leichter als in den Sommermonaten? Vielleicht mögen wir deshalb diese Jahreszeit so gerne. Natürlich, zu heiß darf es nicht sein ... und auch nicht zu verregnet. Wir wollen ja schließlich nicht wie Rudi Carrell singen müssen „Wann wirds mal wieder richtig Sommer ...“
„Leben pur - Sommergefühle“ heißt unsere neue Ausschreibung. Und wir wollen es dieses Mal heiter und leicht zugehen lassen, um so die passende Lektüre für den Urlaub am Strand oder in den Bergen zu haben ...

Einsendeschluss ist der 1. Mai 2024

Damals ... in Bethlehem 2024

In einer Zeit, in der Wunder noch möglich waren, wurde in ein Bethlehem ein Kind in einem Stall geboren, das die Geschichte der Menschheit veränderte: Jesus, Sohn Gottes, erblickte in einem Stall das Licht der Welt. Hirten und Weise aus dem Morgenland statteten dem Kind in der Krippe einen Besuch ab, denn sie hatten gehört, dass es der Heiland, der Erretter der Welt sei. Noch mehr als 2000 Jahre später beeinflusst uns das, was damals in Bethlehem geschah. Deshalb wollen wir uns in Geschichten, Erzählungen und Gedichten den Geschehnissen in dieser Zeit annähern. Schauen wir genau hin, wer alles zu Besuch im Stall in Bethlehem zu finden war. Und wer Jesus einen Besuch an der Krippe abstattete. Das Buch richtet sich an Kinder ab ca. 8 Jahren.

Einsendeschluss ist der 15. April 2024

Auf den Kern gebracht
Die Birnen-Anthologie

Herr von Ribbeck auf Ribbeck im Havelland,
Ein Birnbaum in seinem Garten stand,
Und kam die goldene Herbsteszeit
Und die Birnen leuchteten weit und breit …

„Bis heute ist mir das Gedicht, das wir einst im Deutschunterricht lernen mussten, im Gedächtnis geblieben", sagt Verlegerin Martina Meier. Im Gegensatz zum Apfel ist die Birne allerdings kaum in der deutschen Literatur zu finden. „Vielleicht sollten wir das einmal ändern", fährt sie fort und freut sich auf zahlreiche Einsendungen zum dritten Band der Reihe „Auf den Kern gebracht".

Einsendeschluss ist der 1. Juni 2024

Ein Buch geht um die Welt

Eine internationale Initiative von Papierfresserchens MTM-Verlag

Kinder auf der ganzen Welt vernetzen, sie zum Schreiben animieren und ihnen die Möglichkeit bieten, über ihr Leben, ihre Träume und Wünsche zu schreiben, das möchte die internationale Initiative „Ein Buch geht um die Welt" von Papierfresserchens MTM-Verlag erreichen.

Der Buchverlag mit Sitz am Bodensee in Deutschland hat aus diesem Grund Schreibwettbewerbe zu verschiedenen Themen ins Leben gerufen, an denen sich Mädchen und Jungen im Alter zwischen 6 und 14 Jahren aus aller Welt mit ihren ganz kleinen oder auch umfangreicheren Märchen und Erzählungen, Gedichten, Haikus oder Erlebnisberichten beteiligen können. Auch Illustrationen dürfen eingereicht werden. An dem Buch mitwirken können zum einen Kinder, deren Muttersprache Deutsch ist. Aber es haben sich in den zurückliegenden Jahren auch immer wieder junge Autorinnen und Autoren an den Schreibwettbewerben des Verlags beteiligt, die Deutsch als Fremdsprache erlernen. Weltweit und über alle Kontinente wurden Schulen deshalb zu dieser Initiative eingeladen.

„Uns ist es wichtig", so Verlegerin Martina Meier, „dass die Kinder Spaß am Schreiben haben. Und wir wissen, dass viele unendlich stolz sind, wenn sie ihren Text in einem gedruckten Buch finden."

Einsendeschluss für die Wettbewerbe ist jeweils am 15. März und am 1. November eines jeden Jahres. Es werden bei den einzelnen Projekten immer ganz unterschiedliche Themen in den Mittelpunkt gerückt. Umfangreiche Informationen zu allen Projekten finden Interessierten unter

www.papierfresserchen.de

– Anzeige –

Ferienwohnung Drachennest

Feldkirch / Österreich

Ländlich idyllisch und dennoch stadtnah zentral in Feldkirch-Tosters gelegen, nur einen Steinwurf entfernt von der Schweizer und Liechtensteiner Grenze, finden Sie unsere Ferienwohnung Drachennest, den idealen Rückzugsort vom Alltag. Genießen Sie unsere wunderschöne Ferienregion Vorarlberg in Österreich abseits der Hektik der großen Touristikgebiete.

Brechen Sie zu einmaligen Wanderungen und Radtouren auf – entlang des Rheins zum Bodensee oder entlang der Ill mitten hinein in die Berglandschaft des Ländles. Gut ausgebaute Radwege ermöglichen ein stressfreies Radeln, auch für wenig trainierte Radfahrer, da es auf diesen Wegen nur sehr leichte Steigungen gibt.

Starten Sie die schönsten Motorradtouren in die Alpen direkt vor unserer Haustür. Gerne geben wir Ihnen Tipps für tolle Tagestouren, da wir selbst begeisterte Motorradfahrer sind.

Skifahren? Kein Problem? Erreichen Sie die schönsten Skigebiete Vorarlbergs bequem mit öffentlichen Verkehrsmitteln oder mit Ihrem eigenen Fahrzeug.

Gerne begrüßen wir Sie gemeinsam mit Ihrem Haustier in unserer schönen Ferienwohnung in Feldkirch-Tosters. Und sollten Sie an einem Buch schreiben, so stehen wir Ihnen auf Anfrage gerne hilfreich zur Seite.

Information und Buchung:

www.drachennest.at

– Anzeige –

Redaktions- und Literaturbüro - Pressearbeit seit 1989

Wir helfen Ihnen, Ihr Buchprojekt umzusetzen!

Kompetent und nach Ihren Wünschen

In den zurückliegenden Jahren haben wir für zahlreiche Autor*Innen sowie Institutionen, Schulen und Vereine private Buchprojekte umgesetzt, also Bücher, die nicht für den Buchhandel, sondern ausschließlich für den privaten Vertrieb oder Bedarf produziert wurden.

Wenn Sie Interesse haben, Ihre eigenen Geschichten einmal in einer Monografie zusammen gedruckt zu sehen – als Geschenk, für eine bestimmte Veranstaltung oder aber nur zur eigenen Freude, dann sprechen Sie uns an.

So können wir für Sie ein Taschenbuch mit bis zu 100 Seiten in schwarz-weiß mit einer Auflage ab 30 Exemplaren bearbeiten, layouten und drucken – der Preis pro Buch liegt bei 10,90 Euro (zzgl. Versandkosten). Preise für gebundene Bücher und Bücher mit mehr Seiten oder in Farbe auf Anfrage.

Unsere weiteren Literatur-Dienstleistung:
>   Lektorat
>   Buchsatz
>   E-Book Erstellung
>   Ghostwriting
>   Mein Trauerbuch
>   Biografiearbeit

Schreiben Sie uns!
cat@cat-creativ.at
CAT creativ - www.cat-creativ.at

www.ingramcontent.com/pod-product-compliance
Lightning Source LLC
LaVergne TN
LVHW011304210726
843509LV00016B/781